계단을 뛰어내려와
서둘러 욕실로 들어가 보니
털썩 엉덩방아를 찍은
유이카가 겁에 질린 듯
몸을 떨고 있었다.

마오는 수영복을 벗으려던
참이었는지 등의 호크를 푼 비키니를
간신히 손으로 꽉 누르고 있었다.

무방비한 모습을 아무에게도
보여주고 싶지 않아서 케이키는
사유키를 와락 끌어안았다

"케,케이키
...?!"

목차

귀여우면 변태라도
좋아해주실 수 있나요?
3

하나마 토모 지음 | sune 일러스트 | 심희정 옮김

S NOVEL

컬러, 본문 일러스트 | sune

"─저기, 케이키. 이제 그만 일어나."

"응……? ……어라? 사유키 선배?"

누군가가 어깨를 흔들어 눈을 떴을 때 눈앞에는 익숙한 검은 머리의 소녀가 서 있었다.

새하얀 블라우스에 빨간 리본, 긴 치마의 어른스러운 옷을 몸에 걸친 사유키는 케이키를 향해 부드럽게 미소 지었다.

불이 켜진 방은 케이키의 집 거실이었고 시각은 밤 12시 무렵.

아무래도 소파에 앉은 채 잠든 것 같았다.

"왜 사유키 선배가 우리 집에 있는 거예요?"

"뭐야, 잠꼬대하는 거야? 이제 선배가 아니잖아?"

"아……그렇구나. 우리, 결혼했죠?"

그날, 사유키와 유원지 데이트를 했던 날, 사유키를 욕보인 책임을 지는 형태로 그녀와 사귀기 시작했고 케이키의 고등학교 졸업과 동시에 결혼식을 올렸다.

지금 그녀의 이름은 토키하라가 아니라 키류 사유키.

두 사람의 관계는 고등학교 선후배에서 부부로 바뀌어 있었다.

"후후. 케이키, 혹시 많이 지친 거야? 늘 일을 열심히 하니까.”

그렇게 말한 사유키는 기대에 가득 찬 눈동자로 케이키를 바라보았다.

“내일은 쉬는 날이고……오랜만에……괜찮지?”

“그래. 이리 와, 사유키.”

“네.”

기쁜 듯 대답하며 그녀는 정면에서 무릎을 꿇었다.

긴 흑발을 헤치고 그 아름다운 목에 빨간 목줄을 걸어주자 그녀는 황홀한 미소를 보여주었다.

“후후, 주인님이 걸어주다니, 행복해.”

“목줄을 걸어준 것뿐인데 흥분하다니, 사유키는 정말 변태구나.”

“아앙. 짓궂은 말 하지 마.”

“하지만 사유키는 짓궂은 날 좋아하잖아?”

“……응. 에헤헤. 너무 좋아.”

“그럼 오늘 밤도 산책을 가볼까? 개처럼 엎드린 모습은 아무에게도 들키지 않으면 좋겠는데.”

“아아, 기뻐. 기뻐요, 주인님!”

목줄을 걸고 기뻐하는 아내와 부인을 애완견 취급하는 도S 남편.

이렇게 변태 부부는 비정상적인 밤 산책을 나섰다.

"——으아아아아아아아아아아아아아아악!!"

너무나 쇼킹한 체험에 케이키는 그 자리에서 벌떡 일어났다.

"하아, 하아……아, 어라? 여, 여긴…….'"

주변을 둘러봤을 때 그곳은 정든 자신의 방이었다.

아무래도 꿈을 꾼 것 같다는 걸 깨달은 케이키는 안도의 한숨을 내쉬었다.

"뭐야아아아아아…… 꿈인가아아아……."

너무 리얼해서 이대로 사유키 루트의 엔딩으로 돌입하는 줄 알았는데 아무래도 세이프였던 것 같다.

머리맡에 있는 시계를 확인했을 때 시각은 오전 7시 전. 평소보다 좀 빨리 눈을 떴다.

"그렇다고 해도 지독한 꿈이었어……."

도M 상급생의 주인이 되어 애완견 산책 플레이에 힘쓰는 미래일기.

너무 충격적인 꿈에 케이키는 동요를 감추지 못했다.

밤거리에서 사유키와 애완견 산책 플레이를 하는 미래는 사절이었다.

"……그래. 나, 어제는 사유키 선배와 데이트를 하고……."

어제는 일요일이었고 팬티를 떨어뜨린 신데렐라의 정체를 찾기 위해 유력후보인 토키하라 사유키와 유원지 데이트를 했다.

사건이 발생한 건 집으로 돌아오는 길.

잠깐 들렀던 공원에서 그녀가 노팬티였다는 게 발각된 것이다.

데이트 내내 사유키가 자꾸 치마를 신경 쓰는 모습을 보였기 때문에 케이키는 그녀가 신데렐라의 팬티를 입고 왔을 거라고 짐작하고 주인님 권한으로 그녀에게 스커트를 젖혀 보라고 명령했다.

하지만 결론적으로 사유키는 신데렐라 팬티를 입고 있지 않았다.

그녀는 노팬티에 따른 아슬아슬한 스릴을 만들어 내며 도 M의 쾌감을 만끽하고 있었다. 흑발의 신데렐라 후보는 노팬티도 즐기는 변태 중의 변태였다.

데이트 마지막에 사유키가 날린 건 '이제 어떻게 해야 해?'라는 질문.

케이키의 대답은 그녀의 손을 잡고 집까지 바래다주는 것이었다.

솔직히 노팬티의 충격이 너무 강렬해서 금방이라도 도망치고 싶은 기분이었지만 노팬티의 여자를 늦은 밤 공원에 홀로 남겨두고 갈 수는 없었다.

집으로 가는 도중에는 서로 계속 아무 말 없이 어색한 상태였지만 그 이상의 사고는 없었고 사유키를 집까지 바래다준 후에는 케이키도 곧장 집으로 돌아왔다.

"……결국 사유키 선배가 신데렐라인지 아닌지는 알 수 없었어."

팬티를 떨어뜨린 신데렐라.

발신인 이름이 없는 러브레터를 쓴 여자아이.

현 시점에서는 사유키가 가장 수상하다고 짐작하고 있지만 그녀가 신데렐라라는 걸 뒷받침할 결정적인 증거는 아직 찾지 못했다.

"난 어떤 얼굴로 사유키 선배와 만나야 하는 거지……?"

그녀가 노팬티라는 걸 몰랐다고는 해도 케이키의 치마를 젖혀보라는 명령에 따른 사유키는 치마를 걷어 올리고 있는 그대로의 하복부를 노출했다.

전등 그림자가 송구할 정도로 가려줬다고는 해도 자극적인 광경이었던 건 틀림없었고 그 광경을 떠올리면 얼굴이 불타는 것처럼 빨개졌다.

"아무리 그래도 노팬티는 아니지……."

케이키가 본 건 잡지 속 사진이나 인터넷 영상이 아닌 친한 여자 선배의 생생한 몸이었다.

모태솔로 동정에게는 자극이 너무 강했다.

"하지만…… 사유키 선배, 귀여웠어."

수치로 얼굴을 붉게 물들이면서 치마를 걷어 올린 그녀의 모습은 꽤 구미가 당겼다.

"……아니, 이러면 나도 변태가 되는 건가?"

머리를 절레절레 흔들며 깨어나고 있는 도S의 자신을 떨쳐 버렸다.

주인님 체험은 1일 한정. 케이키는 이미 사유키의 주인이 아니었다.

평정심을 되찾으려 심호흡을 하고 있자 조심스러운 노크 소리가 들렸다.

"오빠, 일어났어?"

슬며시 문을 열고 얼굴을 내민 건 케이키가 이 세상에서 가장 사랑하는 여자아이였다.

교복 위에 앞치마를 입은 최강 장비에다 살짝 삐친 머리와 눈초리가 치켜 올라간 졸린 눈이 귀여운 그녀는 여동생인 미즈하였다.

"아, 일어났구나. 오빠, 좋은 아침."

"좋은 아침. 미즈하의 앞치마 차림은 세계유산급으로 귀여워."

"고마워. 오늘도 오빠는 동생바보구나."

"뭣하면 지금부터 다시 잘 테니까 사랑하는 오빠를 부드럽게 깨워줘도 돼."

"사양할게. 난 그렇게까지 오빠 바보가 아니거든."

"그렇겠지 ──."

"옷 갈아입고 세수해. 아침 먹자."

"알았어. ……아, 미즈하. 잠깐만 기다려봐."

"응? 왜?"

나가려던 미즈하가 돌아보았다.

"질문이 하나 있는데. 미즈하에게도 저기…노팬티의 날이 있어?"

"뭐?"

"아니, 여자들한테는 팬티를 입지 않은 채 보내고 싶은 날이 있는지 궁금해서."

"그런 게 있을 리가 없잖아."

"그렇겠지——."

"오빠, 괜찮아?"

"안 괜찮은 것 같아……."

아침 일찍 여동생에게 노팬티의 날이 있냐고 묻는 성희롱 발언.

머리 걱정을 하는 것도 이상하지 않을 불상사였다.

"……이건 내 친구 이야긴데. 그 녀석이 여자의…… 저기, 부끄러운 장면을 봤대."

사실과는 뉘앙스가 좀 다르지만 여자에게 팬티 노출을 강요한 끝에 그 아이의 노팬티가 발각됐다는 말은 농담으로도 할 수 없었기 때문에 살짝 애매하게 전했다.

"그건, 알몸을 봤다는 뜻이야?"

"아— 응. 그런 느낌. 그런 경우에 남자는 어떤 책임을 져야 한다고 생각해?"

"으—음⋯⋯결혼?"

"결혼?!"

여동생이 입 밖으로 꺼낸 정확한 단어에 아까 꾼 악몽이 되살아났다.

도M인 상급생과 결혼해 비정상적인 신혼생활을 보내는 미래.

(설마 그 꿈이⋯⋯예지몽인 건 아니겠지?)

그렇다면 주인님 루트로 쏜살같이 달려 나가는 미래가 확정되어버린 걸 텐데.

"뭐, 결혼은 농담이고 그럴 때는 남자아이가 사과하는 게 제일 낫지 않을까?"

"그렇겠지⋯⋯."

동서고금, 남녀 사이에 파렴치한 전개가 일어난 경우에는 무조건적으로 남자의 잘못이라고 정해져 있었다.

사고로 옷 갈아입는 모습을 엿보거나 장난스러운 바람이 멋지게 치마 속 속옷을 보여주는 장면을 연출한 경우에도 잘못은 남자에게 있었다. 정말 남자는 이럴 때 힘들었다.

"학교나⋯⋯갈까?"

현실도피를 계획한다고 해도 문제는 해결되지 않았다.

키류 케이키의 목적은 팬티를 떨어뜨린 신데렐라를 특정하는 것.

현재 그 유력후보인 사유키의 조사가 최우선사항이었고

그녀의 신데렐라 의혹이 풀릴 때까지 조사 중지는 있을 수 없었다.

신데렐라를 찾아내 인생 최초의 연인을 손에 넣고 청춘을 구가하는 꿈을 이루기 위해서라도.

여자의 노팬티 정도로 주저하고 있을 때가 아니었다.

제1장 노 팬티 노 라이프

등교해서 신발을 갈아 신고 교실로 향하려던 케이키는 현 시점에서 가장 마주치고 싶지 않은 인물과 조우했다.

"아, 사유키 선배······."

"케이키······."

토키하라 사유키.

한 살 연상의 선배로 케이키가 소속된 서예부 부장을 맡은 3학년으로 전날 데이트에서 노팬티가 발각된 변태 소녀였다.

"조, 좋은 아침, 케이키."

"안녕하세요, 사유키 선배."

"······."

"······."

솔직히 말해서 어색한 인사를 나눈 후 두 사람 사이에 흐르는 건 서먹서먹한 침묵.

살짝 뺨을 붉게 물들인 사유키가 눈을 치켜뜨고 바라보았다.

"저기, 케이키?"

"왜, 왜요?"

긴장하며 바라보자 그녀는 다시 뺨을 빨갛게 물들이며 눈을 내리깔고 이야기를 시작했다.

"어제 일 말인데……저기, 노팬티로 데이트한 건 굉장히 파렴치한 행동이었지?"

"그렇죠."

"집에 돌아간 후 냉정하게 생각해봤는데, 터무니없이 부끄러운 짓을 저질렀다는 걸 깨달았어."

"그건 실행하기 전에 깨달았으면 좋겠는데요."

"기분은 정말 좋았지만 노팬티 차림의 외출은 당분간 봉인할게."

"그냥 영원히 봉인해주세요."

사유키와 얼굴을 마주할 때마다 "노팬티는 아니겠지?"라는 의심에 사로잡히는 건 사양하고 싶었다.

노 팬티 노 라이프

사람이 평온한 일상을 보내기 위해서 팬티는 빠질 수 없는 존재였다.

어쨌든 사유키와의 바보 같은 대화 덕분에 조금은 평소의 상태를 되찾은 것 같은 기분이 들어 케이키는 내심 안심했다.

"그래서 하룻밤 생각해봤는데 나, 드디어 깨달았어."

"네?"

"깨달았어, 케이키의 마음을. 그런 거라고. 눈이 확 트인 것 같은 기분이야. 순종적인 펫으로서, 물론 주인님의 의향을 이해할 각오는 하고 있어."

"네? 사유키 선배? 무슨 말을 하는 거예요?"

"그러니까 저기……바, 방과 후에 봐."

"아, 네. 그래요……."

종종걸음으로 뛰어가는 사유키의 뒷모습을 케이키는 멍하니 서서 배웅했다.

그녀가 뭘 납득하고 어떤 프로세스를 거쳐 어떤 결론에 다다랐는지는 알 수 없지만 사유키가 이상한 말을 하는 건 늘 있는 일. 일일이 신경 쓰면 몸이 남아나질 못했다.

"뭐, 됐어. 방과 후의 일은 방과 후의 나에게 맡기자."

어색함이 남아 있었지만 일단 대화는 할 수 있었다.

이 상태로 평소와 같은 감각을 되찾는다면 다시 신데렐라 조사를 재개하면 된다.

그런 식으로 간단하게 생각했지만 현실은 조금 더 복잡했다.

결론부터 말하자면 케이키가 상상하던 미래는 결코 펼쳐지지 않았다.

그날 방과 후, 서예부 부실에는 세 명의 부원의 모습이 보였다.

테이블을 사이에 두고 마주보는 형태로 앉아 있는 케이키와 유이카.

사유키는 다다미가 깔린 곳에 혼자 붓을 손에 들고 연습

지와 눈싸움을 하고 있었다.

7월에 들어서서 순조롭게 상승중인 기온에 대항하기 위해 창문이 열려 있었고 기분 좋은 바람이 조용히 드나들고 있었다.

작업 중인 사유키는 검은 머리를 포니테일로 묶고 있었기 때문에 새하얀 목덜미가 보였다.

아름다운 목덜미를 멍하니 바라보다 느닷없이 눈이 마주쳤고 사유키는 깜짝 놀란 듯 얼굴을 정면으로 돌려버렸다.

옆모습이 살짝 붉게 물들어 있는 건 더위 때문만은 아니겠지.

케이키도 쑥스러워서 시선을 창문 쪽으로 돌렸다.

그림으로 그린 듯한 어색한 분위기.

서로가 서로를 의식하지 않으려 하면서도 오히려 의식해 버리는 느낌.

그런 두 사람의 모습을 수상쩍게 바라보던 유이카가 입을 열었다.

"케이키 선배, 마녀 선배랑 무슨 일 있었어요?"

"뭐?"

"케이키 선배는 건성으로 앉아 있고 붓을 들면 주위가 보이지 않는 마녀 선배가 전혀 집중을 못하고 있다는 게 명백하게 이상하잖아요."

"아……."

아침에 이야기를 잠깐 나눴지만 케이키와 사유키 사이에는 아직 '어색함'이 감돌고 있었다.

두 사람 사이에 흐르는 미묘한 분위기를 유이카가 눈치 못 챌 리가 없었다.

하지만 유이카에게 노팬티 사건에 대해 이야기할 수도 없었기 때문에 자연스럽게 응답도 얼버무리는 방향이 되어 버렸다.

"아무 일도 없었어……."

"정말요?"

"저, 정말일걸?"

"어미가 이상한데……수상해요."

눈을 가늘게 뜬 유이카는 용의자의 알리바이를 의심하는 형사 같았다.

보석 같은 파란 눈동자가 의혹의 시선을 보냈지만 케이키는 무언을 고수했다.

"……하아, 이제 됐어요. 마녀 선배에게 물어볼 거니까."

좀처럼 입을 열지 않는 용의자를 포기하고, 귀여운 형사는 또 한 명의 관계자를 겨냥했다.

자리에서 일어난 유이카는 다다미가 깔린 곳으로 다가가 사유키에게 말을 걸었다.

"잠깐 괜찮을까요, 마녀 선배?"

"응? ……아, 응. 왜 그래?"

"케이키 선배랑 무슨 일 있었어요?"

"헉……."

유이카의 직접적인 질문에 사유키가 뺨을 빨갛게 물들였다.

그녀는 불안한 듯 머뭇거리다 힐끔 케이키에게 시선을 던졌다, 그리고 —.

"그, 그런 건……부끄러워서 말 못 해."

의혹이 확신으로 바뀌는 대답을 내놓았다.

이미 무슨 일이 있었다고 대답한 것과 마찬가지였고 그런 상급생의 반응에 유이카는 점점

불쾌해지고 있었다.

"……뭔가 수상함을 넘어 유죄인 것 같은데요."

"유죄?!"

후배의 선배에 대한 의혹은 커져가기만 했다.

그렇다고 하더라도 역시 사정을 말할 순 없었기 때문에 후배의 시선으로부터 도망치기 위해 케이키는 눈을 돌렸다.

"흐음……뭐, 좋아요. 그것보다 케이키 선배가 봐줬으면 하는 게 있는데요."

유이카가 가방에서 꺼낸 건 수학 문제집.

그녀는 케이키 옆으로 이동해서 페이지를 펼친 그걸 테이블 위에 올려 두고 문제 하나를 가리켰다.

"유이카는 수학이 좀 약하거든요. —여기, 아시겠어요?"

"아, 이건 수식을 분해하면 돼."

유이카의 샤프를 빌려 문제집에 식을 써내려갔다.

"그대로 두면 복잡하니까 일단 정리하고……. 이거 봐, 이렇게 하면 이쪽 공식을 쓸 수 있잖아."

"아, 그렇구나. 역시 그랬군요."

"아무리 해도 답이 안 나올 때는 전제가 잘못된 거야. 푸는 순서가 틀렸다거나 애초에 쓰인 공식이 잘못됐다거나."

"오오, 왠지 케이키 선배가 선배 같아요."

"실제로 선배니까."

미덥지 않을지도 모르지만 한 학년 위였다.

"케이키 선배, 다음 주에 있을 기말 시험을 대비해서 수학 공부 좀 봐주지 않으실래요?"

"공부라면 사유키 선배한테 배우는 게 더 낫지 않아? 나보다 훨씬 머리도 좋고."

"마녀 선배에게 부탁하면 어떤 대가를 요구할지 모르니까요."

"유이카에게 사유키 선배는 대체 어떤 캐릭터인 거야……?"

"마녀 선배는 입부를 허가하는 대신 바니 의상을 입힌 변태예요."

"아, 그런 일도 있었지."

유이카가 입부했을 때 이 부실에서 보여준 그녀의 바니 차림은 훌륭했다.

사랑스러운 바니 걸 사진은 케이키의 스마트폰에 소중히 보관되어 있었다.

　쿼터인 유이카는 금발벽안의 미소녀.

　작은 체구에 폭신폭신해서 끌어안고 싶어질 만큼 귀여웠다.

　사유키가 바니 의상을 입혀보고 싶었던 마음은 케이키도 이해할 수 있었다. 귀여운 여자아이에게 다양한 옷을 입혀보고 싶다는 욕구는 남자든 여자든 다르지 않을 테니까.

　"그런 이야기는 됐으니까 그냥 가르쳐주세요."

　"알았어, 알았어."

　"그래요, 그래요. 노예는 얌전히 주인님의 말을 들으면 돼요."

　"멋진 미소를 지으며 터무니없는 말 좀 하지 마."

　겉모습은 천사, 성격은 악마 같은 도S의 여학생. 그게 유이카의 본성이었다.

　유이카는 의자 위치를 미세하게 조정해서 케이키 옆에 오도카니 앉았다.

　"그럼, 시험공부를 시작해볼까요?"

　"……저기, 유이카? 너무 가깝지 않아?"

　"네—? 그렇지 않아요—."

　그럴 리가 없었다. 두 사람이 앉은 의자 간격은 부자연스러울 정도로 좁았고 몸을 살짝 움직이기만 해도 서로의 어깨가 닿을 정도로 가까운 거리였다.

하지만 유이카는 전혀 신경 쓰지 않고 공부를 시작했다.

케이키도 저항을 포기하고 자신의 시험 대책을 세우면서 공부를 봐주기로 했다.

"으음……."

사이좋게 문제집을 바라보고 있는 두 명의 후배를 사유키가 원망스러운 듯 바라보았다.

마치 주인을 빼앗긴 강아지처럼 쓸쓸하게.

하지만 그녀는 이쪽을 보기만 할뿐, 특별한 액션은 취하지 않았다.

(어라? 이상하네. 사유키 선배, 평소라면 방해할 텐데.)

평소의 그녀라면 유이카의 수줍은 가슴을 디스하거나 방해공작을 이행할 텐데.

하지만 오늘의 사유키는 원망스럽게 이쪽을 보기만 할뿐 행동을 취할 기색이 없었다.

그렇기는커녕 좌식 책상으로 방향을 돌려 다시 작업에 몰두하기 시작했다.

그런 상급생의 이상한 행동을 유이카도 눈치 챘다.

"……역시 마녀 선배 좀 이상해요. 아까 힐끔 봤는데 연습지에 끝없이 '인내'라는 글자를 계속 쓰고 있었어요. 미립자 같은 글자로 빽빽이."

"응? 뭐야, 그거. 무서워……."

하지만 사유키의 상태가 이상한 건 확실했다.

역시 어제 노팬티 사건이 원인인 걸까?

"마녀 선배가 저런 상태라서 그런지 좀 불편하네요. 케이키 선배, 마녀 선배를 저렇게 놔둬도 괜찮아요?"

"아니, 왠지 어색해서. 사유키 선배와의 사이에 사고 같은 사건이 있었다고나 할까."

"역시 무슨 일이 있었네요……."

기분 나쁜 듯한 표정. 하지만 그 표정은 다음 순간 짓궂은 미소로 바뀌어 있었다.

"그럼 좀 시험해볼까요?"

"뭘?"

"마녀 선배가 어디까지 참을 수 있는지 — ."

그렇게 말하며 유이카는 케이키의 팔을 끌어안았다.

어리광부리듯 몸을 밀착하고 자신의 머리를 케이키의 어깨에 기댔다.

"유이카?!"

"하하. 멋진 리액션, 잘 봤어요."

"아니, 갑자기 뭐 하는 거야?"

"실험이에요. 질투가 심한 마녀 선배가 얼마나 참을 수 있을지 알아보는 중이에요. 저 암캐도 주인 후보를 빼앗길 상황이 되면 참을 수 없겠지만."

"역시 도S, 사유키 선배가 싫어하는 짓을 숙지하고 있구나……."

이전에 사유키는 케이키가 학생회 부회장인 여학생과 친해졌을 때 질투하는 듯한 반응을 보인 적이 있었다. 마치 펫이 주인님을 빼앗기기 싫어하는 느낌으로.

그렇게 질투가 심한 대형견 같은 토키하라 사유키가 과연이 상황을 못 본 척할 수 있을까?

"으─음……마녀 선배, 움직이지 않네요. 꽤 붙어 있는데."

"그 대신, 힐끔힐끔 이쪽을 보고 있는데……"

힐끔힐끔 보고는 있지만 돌격은 하지 않았다. 케이키와 유이카를 어쩔 수 없이 신경 쓰고는 있지만 무언가 말을 꺼내지도 않고 그 자리에서 움직이지도 않았다.

"흐음, 꽤 견디네요……그럼 조금 더 레벨을 올려볼까요? 케이키 선배, 잠깐 실례할게요."

"응? ……잠깐?!"

무슨 생각을 한 건지 유이카는 자리에서 일어나 그 작은 엉덩이를 케이키의 무릎에 올렸다.

"하하. 이런 건 덩치가 큰 마녀 선배는 어렵겠죠."

"그거야 유이카는 선배에 비해 아담하지만……."

케이키의 무릎에 앉은 체구가 작은 후배는 기분이 좋아 보였다.

여자아이 특유의 달콤한 향기와 부드러운 엉덩이의 감촉이 마음을 어지럽혔지만 필사적으로 평상심을 유지했다.

이 상황에서 다리 사이가 반응하게 된다면 변태의 낙인이 찍히게 될 테니까.

"그럼 마녀 선배의 반응은 어떨까요?"

마녀 선배인 토키하라 사유키는 굉장히 슬픈 얼굴로 이쪽을 바라보고 있었다.

"……사유키 선배가 눈물을 머금고 있는 것 같지 않아?"

"그런 것 같네요."

그 모습이 먹이를 빼앗긴 강아지 같아서 왠지 가엾게 보였다.

"여기까지 했는데 화를 내지 않다니. 이러면 평소의 보복을 할 기회네요."

"슬슬 관두는 편이 낫지 않을까?"

사유키는 이런 걸 꽁하게 담아두는 타입이었다. 보복에 대한 보복이 너무 두려웠다.

"……케이키 선배는 역시 마녀 선배에게 약하군요."

"뭐?"

"유이카가 아닌 다른 여자에게 상냥하게 구는 케이키 선배에게— 벌을 줄 거예요."

그렇게 말하며 몸을 돌린 유이카는 케이키의 뺨에 키스를 했다.

너무나 강렬한 불의의 습격에 얼굴이 순간적으로 빨개졌다.

"으악, 으아아아아악!"

"앗, 선배, 그렇게 날뛰면— 꺄악?!"

놀란 나머지 패닉을 일으킨 동정남이 날뛰었고 그 순간 의자가 쓰러졌다.

당연히 의자를 사용 중이었던 케이키와 그의 무릎 위에 앉아 있던 유이카가 바닥에 내던져졌다—.

"아……."

"선, 배……."

벌렁 자빠진 형태로 쓰러진 유이카를 케이키가 덮친 형태.

케이키가 바닥에 양손을 집지 않았다면 모든 체중을 그녀에게 실을 뻔했다.

그런 갑작스러운 일에 사유키도 굳어 버렸다.

빨리 어떻게든 해야 하는데 케이키를 바라보는 푸른 눈동자가 그걸 허락하지 않았다.

케이키와 유이카가 서로를 바라보았고 두 사람이 동시에 얼굴을 붉게 물들이던 그때,

"—안녕하세요."

나른한 인사를 건네며 들어온 건 밤색 머리칼을 옆으로 질끈 묶은 여고생.

6월에 입부한 서예부 멤버로 짙은 작풍으로 일부 여자들에게 절대적인 인기를 얻고 있는 BL 작가, 난죠 마오였다.

그런 그녀는 부실 한가운데에 뒤엉켜있는 남녀를 향해 차

가운 시선을 보냈다.

"······너희, 뭐 하는 거야?"

"뭐냐니······시험공부?"

"보건체육의?"

"아니야."

"왜 시험공부를 하면서 이런 상황이 된 건데?"

"그런 건 내가 알고 싶다."

"흐음······유이카가 미소년이었다면 최고의 상황일 텐데."

"그런 썩은 발언은 동인지 후기로나 써줘."

서예부 멤버는 여전히 변태들뿐이었다.

케이키도 유이카도 넘어지면서 다치지 않았던 건 다행이었다.

자리에서 일어난 유이카가 양손으로 엉덩이를 누르고 머뭇거렸다.

"아무리 케이키 선배라고 해도— 어, 엉덩이는 안 돼요!"

"무슨 말이야?!"

"후후후. 유이카도 점점 썩은 세계에 물들고 있구나. 나의 작품을 전권 선물한 보람이 있어—."

"왜 그런 쓸데없는 짓을 한 거야?!"

유이카는 안 그래도 S 속성이라는 사악한 개성을 갖고 있는데 거기다 부녀자라는 새로운 요소를 추가하지 않길 바랐다.

도M에 도S에 부녀자라는 개성적인 인재가 모인 서예부 부실.

문득 시선을 돌려보니 어느 샌가 사유키는 작업으로 돌아가 있었다.

떠들썩한 부실 안에서 검은 머리의 상급생만이 계속 부자연스러울 정도로 얌전했다.

그런 사유키를 신경 쓰는 케이키의 모습을 유이카가 빤히 바라보았다.

◇

다음날도 그 다음날도 사유키의 상태는 계속 이상한 상태였다.

서로 부실에는 얼굴을 내밀고 있었지만 싸운 것도 아닌데 제대로 말을 나누지 않았다.

부실에서 사유키는 묵묵히 글자만 썼고 부원들의 대화 속에 끼지도 않았다.

케이키는 유이카의 공부를 봐주면서 사유키를 신경 쓰고 있었지만 노팬티 사건의 어색함 때문에 먼저 말을 걸 수 없었다.

아무것도 해결되지 않은 채 시간은 흘러 목요일 방과 후.

케이키는 아무도 없는 교실에서 혼자 책상에 엎드려 끙끙

거리고 있었다.

"사유키 선배, 역시 이상해…….”

이전에도 한 번 그녀와 얼굴을 마주하는 게 어색해졌을 때가 있었다.

사유키가 도M 변태라는 게 판명됐을 때였는데 그때는 그녀가 평소와 다름없었기 때문에 케이키도 괜히 질질 끌지 않았고 관계가 어색해지지도 않았다.

하지만 이번에는 달랐다.

서로가 서로를 피하는 느낌이라 관계를 회복할 실마리를 찾지 못했다.

"코하루 선배에게 상담해볼까……?”

혼자 고민하고 있어봤자 별 수 없는 상황.

생각 끝에 케이키는 부실 건물 3층에 있는 천문부로 향했다.

"실례합니다……응?”

부실로 들어간 순간 그 자리에 펼쳐진 충격적인 광경에 그는 말을 잃었다.

벽에 붙어 있던 수많은 쇼마의 사진도 충격적이었지만 지금 이 정도는 아니었다.

천문부 부실에서 아키야마 쇼마가 자그마한 여자아이를 쓰러뜨리고 있었다.

"…….”

"……."

"……."

케이키와 쇼마와 여자아이, 그 3명의 침묵.

어색한 분위기 속에서 처음으로 액션을 취한 외부인은 스마트폰을 꺼내들고

"그러니까……신고가 몇 번이었지?"

"신고 안 하면 안 될까?!"

신고하려는 케이키를 쇼마가 서둘러 막았다.

"아니, 그치만 드디어 사건이 발생한 것 같은데."

"무례하긴. 파출소 신세를 질 만한 짓은 하지 않았어. 이래봬도 난 깨끗한 로리콘을 목표로 하고 있으니까."

"깨끗한 로리콘이라는 건 대체……."

어린 소녀를 좋아하는 시점에 이미 더러워진 것 같은데.

"어쨌든 오해야. 코하루를 덮친 게 아니니까."

"마, 맞아요. 쇼마는 넘어진 날 도와주려고 한 것뿐이에요."

몸을 일으킨 여학생— 오오토리 코하루는 그를 감싸며 앞으로 나왔다.

계절에 맞지 않은 파카를 걸친 여학생. 키가 145센티 정도로 고등학생치고는 꽤 작은 체구의 그녀는 놀랍게도 3학년 선배였다.

"그래, 그래. 코하루의 말이 맞아. 흑심 따위 눈곱만큼도

없었어.”

“흐음? 즉 쇼마는 코하루 선배에게 전혀 흥분되지 않았다
는 거야? 그만큼 밀착해놓고 선배의 몸에 얼굴을 묻고 숨을
내쉬고 싶다는 생각을 한 번도 안 했어?”

“코하루를 상대로 흥분? 하하, 바보 취급하지 말아줄래?
그런 욕구가─ 없을 리가 없잖아!

난 늘 코하루를 보면 숨을 몰아쉬고 싶어진다고!”

“흑심이 가득하네.”

역시 고도로 훈련된 로리콘이었다.

“그게 무슨 말이에요?”

“그러니까 말이죠─.”

머리를 갸우뚱거리는 코하루에게 케이키가 말의 뜻을 전
하자 그녀의 얼굴이 새빨개졌다. 귀여워.

“뭐, 코하루 선배는 이렇게 보여도 연상이고 흥분하든 할
짝거리든 별로 상관없지만……왠지 쇼마가 초등학생을 덮
치는 그림으로밖에 보이지 않아.”

“초등학생…….”

충격을 받은 상태로 자신의 가슴에 손을 대는 합법 로리
선배.

그런 코하루를 향해 쇼마가 부드럽게 미소 지었다.

“신경 안 써도 돼. 코하루는 지금 이대로가 제일 귀여우
니까.”

"쇼마…… 기뻐."

"저기— 노닥거리는 건 둘만 있을 때 하면 안 될까요?"

모태 솔로인 케이키에게 이런 달콤한 분위기는 견디기 힘들었다.

코하루와 쇼마는 일단 연인 미만의 관계로 지내고 있지만 충분히 데이트를 즐기면서 거의 커플처럼 지내고 있었다.

러브러브한 두 사람을 향해 마음속으로 '리얼충 폭발해버려'라는 상투적인 저주를 토해냈다.

"그런데 키류, 무슨 일이에요? 신데렐라에 관한 이야기예요?"

"그것과도 관계가 있는데……실은 요즘 사유키 선배와 계속 어색한 상태라 코하루 선배에게 상담을 하러 왔어요."

"토키하라와 무슨 일 있었어요?"

케이키는 전날 데이트에 대해 보고했다.

유원지에서의 일과 돌아오는 길에 발발한 '노팬티 사건'에 대해서도 상세하게.

"—역시나. 노팬티로 데이트라니. 토키하라는 정말 대담하네요. 전 부끄러워서 절대 못 할 것 같은데."

"대다수의 사람은 노팬티로 데이트를 하지 않아요."

참고로 사유키와 코하루는 1학년 때 같은 반이었기 때문에 안면이 있었다.

풍만한 몸을 갖고 있는 사유키와 어린아이 체형의 코하루.

그런 두 사람이 동급생이라는 사실이 아직도 이상하기 짝이 없었다.

"그런데 데이트에서 있었던 일 이후에 사유키 선배의 상태가 좀 이상해요. 이상하게 어른스럽다고나 할까, 조신하다고나 할까. 유이카가 도발해도 화내지도 않고."

요즘 유이카와 시험공부를 하는 일이 많았지만 그때 유이카가 사유키를 도발해도 반격해오지 않았다.

"저도 왠지 좀 어색해요. 억지로 치마를 들어 올리게 했으니까 그것 때문에 화가 난 줄 알았는데 그런 것도 아닌 것 같고. 평소처럼 놀리지도 않고, 왠지……."

"혹시— 쓸쓸해요? 토키하라가 상대해주지 않아서."

"네?"

"후후, 키류는 토키하라를 좋아하는군요."

"네에?!"

"그래, 1년 이상 서예부에 둘만 있었으니까."

"쇼마까지?!"

선배는 방긋방긋 상냥한 미소를 지었고, 친구도 피식피식 웃음을 멈추지 않았다.

두 사람이 자신의 마음을 꿰뚫어본 것 같아 부끄러워졌다.

지금 이 상황이 신경 쓰이는 건 유이카뿐만이 아니었다.

늘 밝은 모습으로 후배를 놀리며 즐거운 듯 웃어 보이는 사유키가 케이키는 너무 좋아서 견딜 수 없었다.

"키류는 의외로 응석꾸러기네요."

"그런 말은 하지 마세요……."

"하지만 토키하라가 기운이 없는 이유는 신경 쓰이네요."

"그렇다니까요……."

"케이키가 무슨 짓을 한 거 아니야? 옷 갈아입는 걸 훔쳐 봤다거나, 팬티를 훔쳤다거나."

"넌 대체 날 뭐라고 생각하는 거야? 애초에 그런 짓을 했으면 그 사람은 반대로 기뻐했을걸."

창피를 당하면 흥분하는 게 도M의 속성.

도M인 변태에게는 성희롱조차 보상 같은 거였다.

"케이키의 상담 말인데, 이건 이미 답이 나와 있는 거 아니야?"

"그래요. 저도 그렇게 생각해요."

쇼마의 발언에 코하루가 웃는 얼굴로 동의했다.

"이건 키류가 어떻게 하고 싶은지가 문제라고 생각해요."

"나는……."

키류 케이키는 어떻게 하고 싶은 걸까?

케이키가 좋아하는 건 어른스럽고 조신한 사유키가 아니라 밝고 후배를 놀리는 걸 좋아하고 장난꾸러기 같은 미소가 매력적인 한 살 연상의 여자아이였다.

그녀의 미소가 사라진 지금 이 상황은 절대로 용납할 수 없었다.

너무 여러 가지 생각을 하느라 뒤죽박죽이 되었지만 대답은 분명 한없이 단순했다.

　가리키는 방향이 정해진 순간 케이키는 기세 좋게 자리에서 일어났다.

　"저─ 사유키 선배랑 이야기하고 올게요!"

　천문부를 뒤로 한 케이키는 그길로 서예부로 향했다.

　계단을 내려와 2층에 있는 부실 문에 손을 올렸다.

　"……어라, 문이 잠겨 있잖아? 오늘 쉰다는 연락이 왔었나?"

　스마트폰 착신을 확인하려는데 문 저편에서 사람이 움직이는 기색이 느껴졌다.

　"─케이키?"

　"사유키 선배? 안에 있어요?"

　"으응, 지금 문 열어줄게."

　그 말대로 문이 바로 열렸다.

　그렇게 부실로 발을 들인 직후─ 케이키는 그 자리에 넘어졌다.

　"……응?"

　등으로 느껴지는 차가운 바닥의 감촉과 복부에서 느껴지는 이성의 체온.

　아주 조용해진 부실 안, 후배 위에 올라탄 상급생, 사유키가 애달프게 뺨을 빨갛게 붉히면서 글썽거리는 눈동자로 케이키를 바라보았다.

"사, 사유키 선배?! 뭐 하는 거예요?!"

"나 이제 한계야…… 케이키를 위해 참고 있었는데 이제 무리야."

"대체 그게 무슨 말이에요……?"

"요즘 케이키, 계속 코가 옆에 붙어 있었잖아. 코가만 귀여워하고 날 소홀히 하다니 너무해."

"전, 딱히 그럴 생각은…….."

하지만 실제로 요즘 케이키는 시험공부를 명목으로 유이카 옆에 있는 시간이 많았다.

"코가는 작고 귀여운 아이야. 로리콘인 케이키에게는 극상의 설익은 과실이라는 거지."

"난 로리콘이 아니에요. 결코 로리콘이 아니라고요."

중요한 부분이라 한 번 더 강조했다. 변태 친구와 같은 취급을 받고 있을 순 없었다.

"알아. 케이키는 '애태우기 플레이'를 하고 있었던 거지?"

"애태우기 플레이……?"

그녀의 입에서 튀어나온 건 일상대화에서는 대체로 사용되지 않는 단어.

"……잠깐만요. 일단 정리해보죠. 애태우기 플레이가 뭐예요?"

"아니, 케이키가 얼마 전 데이트 마지막에 아무 짓도 안하고 돌아가 버렸잖아. 노팬티로 데이트를 즐긴 벌로 엉덩이를 맞는 것 정도는 각오하고 있었는데. 오히려 엉덩이를 때리는 걸 기대하고 있었는데. 케이키는 날 집에 바래다주고 바로 돌아가 버렸어. 덕분에 난 욕구불만이 돼서 힘들어."

"네에에……?"

"그래서 생각했어. 케이키는 애태우기 플레이를 바라고 있는 거라고."

"왜 그렇게 되는 건데요?!"

"계속 기대하게 만들어놓고 방치한다는 건 그런 뜻이잖아? 코가만 귀여워하는 것도 그래. 그렇게 날 질투하게 만들고 방치된 내 모습을 바라보면서 즐거워하고 있잖아."

"오해예요!"

"역시 내 주인님이야. 애태우기 플레이라는 고도의 기술로 소녀의 마음을 갖고 놀다니, 제법이라니까."

"그러니까 오해라고요! 그런 의도는 전혀 없었어요!"

다수의 변태 발언은 그렇다 치고 정보가 다 나온 것 같으니까 이야기를 정리해보자.

"즉 요즘 사유키 선배의 모습이 이상했던 건 내가 선배에게 애태우기 플레이를 하고 있다고 단정 짓고 있었기 때문인가요?"

"그런 거지."

"……여러 가지로 괜한 걱정을 한 것 같네요."

"요 며칠 동안은 주인님 앞에서 참고 있는 개가 된 것 같은 기분이 들었어. 처음에는 날 소홀히 하는 것 같아서 굉장히 기분 좋았지. 하지만 이렇게 기다리기만 하면 마음만 아플 뿐, 전혀 기쁘지 않다는 걸 깨달았어. 그러니까 오늘은 내가 케이키를 독점할 거야. 다른 두 사람에겐 오늘 쉰다고 전해뒀으니까 방해는 받지 않을 거야."

"아, 그래서 문이 잠겨 있었구나……."

"저기, 케이키? 나 많이 참았어. 애태운 만큼 상을 많이 주지 않으면 용서하지 않을 거야."

"사, 상이라뇨……?"

"간단해. 나의 이 커다란 엉덩이를 때려주기만 하면 돼."

"거절할게요."

"으음……그럼 일단 이대로 내 마음이 풀릴 때까지 케이키를 문질문질 할게. 그동안 케이키는 내 머리를 쓰다듬어줘."

"네─?"

"후후, 각오해. 오늘은 충분히 사랑받을 거니까."

그 이후 케이키는 쓰러진 채로 사유키에게 정열적으로 안겨서 계속 그녀의 머리를 쓰다듬으며 전력을 다해 흑발 상급생의 어리광을 받아줬다.

"후우, 만족스러워."

"그거 다행이네요……."

대형견―아니, 사유키에게서 해방된 케이키는 자리에서 일어나 흐트러진 복장을 정리했다.

일단 사유키의 모습이 이상했던 원인은 판명되었고 그 문제는 해결됐다.

그렇다면 원래 목적인 신데렐라 조사를 재개해야 했다.

러브레터를 남겨두면서 정체를 숨긴 발신인. 가장 유력 후보로 사유키를 조사하고 있었지만 그녀는 전혀 결점을 드러낼 기색이 없었다.

신데렐라가 자신의 정체를 드러낼 생각이 없는 이상, 이 이상의 조사는 소용없었다.

러브레터 발신인을 특정하기 위해서는 케이키의 방에서 사라진 순백의 팬티를 찾아내던지, 신데렐라 본인이 인정할 수밖에 없었다.

"사유키 선배……."

"왜 그래?"

"단도직입적으로 물어볼게요. 내 방에서 팬티를 갖고 간 게 사유키 선배인가요?"

그건 양날의 검이었다.

(사유키 선배가 신데렐라라면 쉽게 자백할 것 같지 않지만―.)

자신을 속일 거라는 걸 각오한 채 내뱉은 질문.

막다른 곳에 몰린 신데렐라 찾기를 진전시키기 위한 강경수단.

자신의 정체를 숨기고 싶어 하는 신데렐라라면 솔직하게 대답하지 않을 거라며 한 질문에―.

"……그래. 들켰다면 어쩔 수 없지."

토키하라 사유키는 깨끗하게, 정말 놀랄 정도로 솔직하게 고개를 끄덕였다.

"네? 정말 사유키 선배가?"

"그래. 내가 케이키 방에서 팬티를 훔친 범인이야."

"윽?!"

좀 불편한 듯 시선을 피하면서도 그녀는 확실하게 인정했다.

자신의 범행을, 케이키 방에서 팬티를 갖고 간 건 자신이라고 확실하게 단언했다.

그게 의미하는 건 사유키가 팬티를 떨어뜨린 신데렐라라는 뜻―.

"게다가 지금 그 팬티를 입고 있어."

"네?"

수습된 상황을 어지럽히는 결정적인 대사를 내뱉은 그녀는 남학생의 눈앞에서 천천히 치마를 걷어 올렸다.

"잠깐, 사유키 선배?!"

노팬티 사건의 교훈에서 순간적으로 눈을 피했지만 결론부터 말하자면 그럴 필요는 없었는데 오늘 그녀는 팬티를 제대로 입고 있었다.

—그래, 팬티는 입고 있었다.

입고는 있었지만 그녀가 입은 건 남성용 사각팬티였다.

"트렁……크?"

감색의 그것은 어딜 어떻게 봐도 남성용 속옷.

게다가 어째서일까. 그 사각팬티가 굉장히 눈에 익다고나할까, 마치 예전 동급생과 재회한 것처럼 이상하게도 반가운 느낌이 들었다—.

"잠깐, 그거 내 팬티잖아요?!"

사유키가 입고 있었던 건 케이키의 사각팬티였다.

"뭐예요? 대체 어떻게 된 거예요? 왜 사유키 선배가 내 팬티를 갖고 있는 거예요?"

"정말 우발적으로. 얼마 전에 케이키 방에서 야한 책을 찾다가 발견한 거야. 잘못된 일이라는 걸 알면서도 호기심을 억누를 수 없었어."

"남의 방에서 대체 무슨 짓을 한 거예요……?"

"남자 팬티를 입는 건 묘한 배덕감이 들어서 굉장히 흥분되는 것 같아."

"변태예요?! 변태냐고요!!"

"아앗, 격렬한 매도가 귀에 울려서 기분 좋아."

"이제 싫어, 이 사람……."

같은 말을 하고 있는데 말이 통하지 않았다. 우주인과 대화하는 것 같은 기분.

"일단 그거 돌려주시면 안 될까요?"

"그건 괜찮은데……이런 장소에서 스트립을 원하다니 케이키도 정말 대담하네."

그렇게 말하며 주저 없이 팬티를 붙잡는 상급생.

"선배, 스톱! 노팬티는 곤란하니까 나중에 주셔도 돼요! 아니, 내일 주시면 되겠네요. 자기 팬티를 제대로 입고 와서 돌려주세요."

"어머, 아쉽네. 이 자리에서 노팬티가 되라는 명령인 줄 알았는데."

"그럴 리가 없잖아요."

확실히 사유키는 케이키의 방에서 팬티를 갖고 나갔다.

하지만 그건 신데렐라의 팬티가 아니라 케이키의 사각팬티였다.

결론부터 말하자면, 아무래도 토키하라 사유키는 신데렐라가 아닌 것 같았다.

"대체 왜 내 팬티를 입은 거예요?"

"너무 방치돼서 쓸쓸했으니까, 케이키의 온기를 갖고 싶어서 나도 모르게 입고 말았어."

"참신한 핑계네요……."

"그런데 남자 팬티는 꽤 시원한 것 같아. 좀 불안하기도 하고."

"치마를 팔랑거리지 말아 주실래요?"

"저기, 케이키? 이번에는 케이키가 내 팬티를 입어보지 않을래?"

"아니요!"

여자 팬티를 착용한 남자라니, 완벽한 변태잖아.

여전히 무슨 생각을 하는지 알 수 없었고 놀리는 듯한 발언도 건재했다.

하지만 조잘거리는 사유키의 미소는 역시 귀여웠다──.

그녀와의 바보 같은 대화가 즐겁게 생각될 정도로 토키하라 사유키라는 상급생에게 중독된 것 같았다.

◇

그날은 정오를 지난 이후부터 비가 내렸다.

회색빛 하늘이 태양을 감추고 있는 탓에 좀 쌀쌀했다.

3일에 걸쳐 시행된 기말 시험 이틀째. 그 방과 후.

시험 마지막 날을 위해 조금이라도 발버둥 치며 시간을 벌어보려 서둘러 하교하는 학생들.

특별히 성적이 좋지도 나쁘지도 않은 케이키는 운 나쁘게도 청소 당번에 걸려서 대다수의 학생들보다 좀 늦게 학생현관에 도착했다.

신발장을 향해 나아가던 발은 느닷없이 게시판 앞에서 멈췄다.

게시판 광고 중에는 여름방학에 관한 게 많았고 방학 중 규칙적인 생활을 촉구하는 표어가 쓰인 포스터나 여름 축제 포스터가 게시되어 있었다.

"여름방학이라……시험이 끝나면 바로구나."

이번 주에 시험을 무사히 넘기고 다음 주 평일을 보내면 학생들이 가장 기다리는 장기 휴가가 기다리고 있었다.

"여름방학이 시작되기 전에 신데렐라를 찾고 싶었는데……."

인생의 첫 연인을 차지하고 귀여운 여자 친구와 실컷 달콤한 시간을 보내는 게 케이키의 목적이었다. 여름방학은 연인과 보내기에 안성맞춤인 이벤트.

바다와 불꽃놀이, 서로 사랑하는 두 사람을 선명하게 물들이는 상황이 풍부했다.

하지만 이대로 신데렐라를 찾지 못한다면 예년처럼 회색빛 연휴만이 기다리고 있겠지.

"올해야말로 귀여운 여자 친구와 여름방학을 보내고 싶어!"

현 상황에서 신데렐라 후보는 두 사람으로 좁혀져있었다.

후보 두 사람이 비정상적인 고백을 했을 때 입고 있던 속옷이 핑크색이었다는 것.

핑크색 속옷을 입고 고백하면 성공확률이 올라간다는 징

크스.

그리고 신데렐라의 팬티가 사라진 일요일에 두 사람이 케이키의 방을 찾아왔다는 것에서 볼 때 그녀들 중 누군가가 러브레터의 발신인이라고 결론 내렸다.

다만 가장 유력 후보라고 생각했던 토키하라 사유키에게 신데렐라로 이어지는 증거는 없었다.

"사유키 선배가 신데렐라가 아니라면 남은 후보는——."

이리저리 생각하면서 건물을 나서다 학생현관 처마 밑에서 후배의 모습을 발견했다.

지붕을 받치고 있는 둥근 기둥에 등을 기대고 멍하니 서성거리는 여학생.

회색빛으로 움츠러든 이 세상에서 빛이 바래지 않는 금색 머리칼은 틀림없이 자신의 후배였다.

"유이카?"

말을 걸자 유이카가 고개를 들었다.

"아, 케이키 선배."

"무슨 일이야? 누구랑 만나기로 했어?"

"아뇨, 우산을 안 들고 온 것뿐이에요."

"그래서 여기 서 있었던 거야?"

"어젯밤에 일기예보는 봤는데. 깜빡했어요."

"그럼 유이카네 집까지 바래다줄게."

"네? 정말요? 유이카의 집은 반대 방향인데요."

"괜찮아. 여기서 곤란해 하고 있는 후배를 못 본 척하면 뒷맛이 안 좋을 것 같아."

"유이카를 위해 굳이 멀리 돌아가고 싶다니, 케이키 선배도 드디어 노예로서의 자각이 싹튼 것 같네요."

"그런 건 아닌 것 같은데."

"네—?"

불만스럽고 항의 섞인 목소리를 무시하며 가방에서 3단 우산을 꺼냈다.

파란색 우산을 펼치고 유이카를 다시 돌아봤다.

"자, 가자."

"아……네. 그럼 실례할게요……."

종종걸음으로 다가온 유이카가 조심스럽게 우산 속으로 들어왔다.

평소와는 달리 아주 얌전해진 후배와 함께 케이키는 학교를 뒤로했다.

조용히 내리는 비 아래에서 작은 체구의 여학생의 보폭에 맞춰 평소와는 다른 길을 천천히 걸었다.

"감사합니다. 정말 덕분에 살았어요. 그대로 있었으면 유이카는 빗속을 젖은 채로 가야했을 거예요."

"비가 오는 날 우산이 없으면 엄청 절망감이 들잖아."

"우산을 내밀어준 선배가 백마 탄 왕자님처럼 보였어요."

"우산과 백마에 공통점은 없는 것 같은데?"

"그리고 왕자님은 유이카의 매력의 포로가 되어 여자 친구에게 영원한 충성을 맹세했습니다."

"왕자가 하인이 되었어!"

그림책 작가를 지망하는 소녀가 그리는 이야기는 다양한 의미로 판타지.

아이들에게는 들려줄 수 없는 자극적인 세계관을 맛볼 수 있었다.

그런 식으로 이야기를 하면서 걷던 도중 케이키의 팔이 유이카의 어깨와 부딪혔다.

"아, 미안."

"아뇨, 괜찮아요."

"역시 3단 우산은 두 사람에겐 좀 좁네."

"그러네요."

1인용에 어깨가 닿는 거리는 남자로서는 기쁜 이벤트였지만 남녀가 한 우산을 쓰려면 큰 우산이 더 적임이겠지.

"그럼 이렇게 하면 괜찮지 않을까요?"

에잇, 활기찬 목소리를 내며 그녀는 케이키의 팔을 끌어안았다.

"이러면 좁아도 괜찮겠죠?"

"그 대신 걷기가 굉장히 힘든데."

"불만이에요? 이렇게 귀여운 여자아이가 끌어안는 건, 남자에게는 뜻밖의 행복이라고 생각하는데요?"

"솔직히 부수입이라고는 생각했어."

"솔직하시네요. 그럼 유이카의 가슴 감촉에 대한 대가는 몸으로 지불해주세요. 구체적으로는 순종적인 노예가 되는 것으로."

"각하하겠어."

"그럼 서비스는 끝이에요. 공짜로 좋은 경험을 할 수 있을 거라곤 생각하지 마세요!"

협박조의 말을 내뱉고 몸을 떨어뜨린 유이카였지만 빗방울이 코끝에 닿자 "꺄악"이라는 귀여운 소리를 높였다.

주뼛주뼛 원래 위치로 되돌아와 다시 케이키의 팔을 끌어안았다.

"……젖는 건 싫으니 조금만 더 서비스해줄게요."

"그거 고맙다."

그치지 않는 빗속에서 두 사람은 하나의 우산을 공유하며 젖지 않도록 몸을 밀착해 집까지의 거리를 좁혀갔다.

유이카의 집은 고등학교에서 걸어서 15분 정도 거리의 조용한 주택지에 있었다.

"바래다 주셔서 감사했어요."

"됐어. 그럼 나도 이만 가볼게. 내일 보—에취."

작별인사를 방해한 건 짧은 재채기.

비의 영향일까? 7월이라고는 생각할 수 없을 정도로 쌀쌀

한 탓에 몸이 차가워진 것 같았다.

"오늘은 좀 춥네요. 괜찮으면 우리 집에 들렀다 가실래요? 바래다주신 보답으로 따뜻한 차를 대접할게요."

"그래도 될까?"

"이대로 가서 감기에 걸리기라도 하면 곤란하니까요."

"그럼 사양하지 않을게."

차가워진 몸에 따뜻한 차의 유혹은 거역하기 힘들었다.

집에 초대를 받은 케이키는 그녀의 방으로 향했다.

유이카의 재촉에 쿠션에 앉자 가방을 내린 그녀가 물었다.

"지금 녹차가 다 떨어졌는데. 홍차랑 커피 둘 중 어떤 게 더 좋아요?"

"음— 그럼 커피로 할까?"

"알겠습니다. 조금만 기다리세요."

그렇게 말하며 유이카는 방을 나섰다.

남겨진 케이키는 불편한 상태로 방을 둘러보았다.

"이게 유이카의 방인가……?"

깔끔하게 정리 정돈된 방. 책상과 침대, 그리고 독서가를 증명하는 대용량의 책장에 코끼리나 사자 같은 동물 인형이 몇 개 정도.

그리고 그녀와 함께 있을 때 어렴풋이 느껴지는 달콤한 냄새가 났다.

"……안 돼, 안 돼. 뭘 두근거리고 있는 거야?"

여동생이 아닌 다른 여자의 방을 방문할 기회가 없었기 때문일까, 과하게 긴장한 것 같았다.

"잠깐만? 이 상황은……어쩌면 천재일우의 기회 아닐까?"

지난달, 케이키의 방에서 신데렐라의 팬티가 소실되었다.

팬티를 가져갔을 거라고 생각되는 용의자는 집에 놀러 왔던 사유키와 유이카 두 사람.

만약 사유키가 범인이 아니라면 범행이 가능한 건 유이카밖에 없었다.

"유이카가 신데렐라라면 이 방 어딘가에 그 팬티가 있을지도 몰라."

힐끔 유이카가 나간 문을 확인했다.

지금부터 물을 끓이고 마실 차를 준비한다면 다소의 시간은 필요하겠지.

그녀가 없는 지금, 이 방은 완전히 무방비한 상태였고 팬티를 찾아내기에도 용이했다.

거기까지 생각하고 꿀꺽 침을 삼켰다.

"행동하려면……지금밖에 없어."

시간을 지체하면 그만큼 작업 중인 유이카가 돌아올 위험도가 높아진다.

망설일 여유 따위 없다고 자신을 북돋으면서 마치 영화에 등장하는 스파이처럼 케이키는 행동을 개시했다.

그렇다곤 해도 속옷을 수납할 만한 장소는 한정되어 있

었다.

"……뭐, 여기밖에 없겠지."

케이키가 주목한 곳은 작은 서랍장.

4개의 다리가 달린 세련된 디자인으로 높이는 케이키의 배보다 좀 낮은 정도였다.

두근거리는 마음으로 그 자리에 한쪽 무릎을 대고 떨리는 손으로 서랍을 열었다.

예상대로 그 작은 서랍장 속에 그녀의 속옷이 정리되어 있었다.

"유이카, 역시 귀여운 느낌의 속옷이 많네."

흰색과 옅은 파란색의 줄무늬 팬티 등, 과연 유이카다운 귀여운 디자인의 속옷이 많았다.

이런 팬티를 유이카가 평소에 입는다고 생각하면 뭔가 이렇게──.

"이런……왠지 좀 흥분이 돼."

후배 여학생이 방을 비운 사이에 속옷을 물색하며 흥분하는 남고생이 여기 있었다.

글자 그대로 이해하자면 변태였지만 신데렐라 팬티를 찾는다는 대의명분을 내건 왕자에겐 사소한 일이었다.

위험한 배덕감에 두근거리는 가슴을 안고 한 장 한 장 팬티를 확인했다.

하지만 중요한 신데렐라의 팬티는 어디에도 보이지 않

았다.

"없네……혹시 지금 입고 있는 거 아니야?"

"뭐 하는 거예요? 케이키 선배?"

"뭐하냐니, 유이카의 팬티를 뒤지고 있는데— 응?"

—지금, 나에게 질문한 게 대체 누구지?

뒤를 돌아보자 천사 같은 미소의 유이카가 서 있었다.

"하, 하하, 유이카. 엄청 빨리 왔네?"

"우리 집 전기 주전자가 엄청 우수하거든요."

그 말대로 유이카의 방 테이블에는 쟁반이 놓여 있었고 두 개의 컵에서 김이 오르고 있었다.

"그런데 선배— 이게 뭐예요?"

내밀어진 그녀의 손에는 스마트폰이 쥐어져 있었고 그 화면에는 유이카의 팬티를 양손으로 들어 올리고 있는 변태의 모습이 선명하게 찍혀 있었다.

후배 여학생의 방에서 속옷을 물색하고 있는 남고생의 모습. 완벽한 속옷 도둑이었다.

"아, 끝났어. 내 인생은 끝났어……."

후배가 쥐고 있는 건 너무나도 강력한 약점.

"하하. 범행의 증거사진을 찍었네요. 이걸 파출소에 갖고 가면 어떻게 될까요?"

그건 인생 종료의 선고였고 천사처럼 웃는 유이카의 모습이 케이키에겐 악마로 보였다.

"그러고 보니 유이카는 오래 전부터 순종적인 노예가 필요했어요."

"……."

노예라는 건 즉 주인의 소유물.

인간으로서의 존엄이나 권리는 존재하지 않았고 당연하겠지만 자유 따위 어디에도 없었다.

그저 주인에게 최선을 다하고 주인을 위해 노력하는 살아 있는 도구와도 같았다.

사유키 같은 도M이라면 몰라도 일반인인 케이키는 종속을 원하지도 않았고 솔직하게 말해서 노예 따위 절대로 되고 싶지 않았다.

하지만 현실은 가혹하고 잔혹했다.

후배의 스마트폰에 찍힌 사진은 정말 강인한 목줄.

약점을 잡힌 케이키에게는 그녀를 따르는 것 이외의 선택지는 남아있지 않았다—.

"저기, 케이키 선배? 유이카의 노예가 되어주실래요?"

"네. 저는 유이카의 노예가 되겠습니다."

이렇게 케이키는 코가 유이카의 노예가 되었다.

그건 케이키가 러브레터를 발견하기 전인 4월의 일.

방과 후 도서실에서 금발머리 여자아이가 책을 읽고 있었다.

"어라? 코가, 오늘도 온 거야?"

"……키류 선배와는 관계없잖아요."

질문에 대한 반응은 쌀쌀맞은 대답.

하지만 대답이 돌아온 게 다행일 정도로 처음에는 대답조차 없었다.

그런 느낌이라 친구도 없는 것 같았고 방과 후에는 계속 이런 식으로 도서실에 처박혀 있었다.

키류 케이키가 코가 유이카와 처음 만난 건 케이키가 2학년이 되고 얼마 지나지 않았을 무렵.

신입생 유이카와는 같은 도서위원 선후배라는 관계로 특별한 사이는 아니었지만 케이키는 그녀가 신경 쓰였다.

금색 머리칼과 파란 눈동자.

그녀를 채색하고 있는 이국의 색은 축복받은 외모와 더불어 좋든 나쁘든 다른 사람들을 멀리하게 만들었다.

교실에서도 도서위원 사이에서도 그 드문 외모 때문에 다들 조심스럽게 대했고 그녀는 모두와 어울릴 수 없었다.

그리고 그녀 자신 또한 그렇게 어울릴 생각이 처음부터

없는 것처럼 보였다.

그때의 유이카는 주변을 완전히 차단한 상태였고 그녀에게 감도는 얼음 같은 분위기가 다른 사람들이 멀리하는 가장 큰 원인이라고 케이키는 생각했다.

보석 같은 푸른 눈동자는 늘 책 속의 이야기를 따라가며 다른 사람의 접촉을 거부하고 있었지만 그래도 케이키는 굴하지 않고 유이카에게 계속 말을 걸었다.

그리고 겨우 잡담이 가능할 정도가 된 것이다.

"코가는 뭘 읽고 있어?"

"……."

유이카는 아무 말 없이 문고본 표지를 보여주었다.

제목은 '세상에서 가장 우유부단한 왕자님'이었다.

"뭔가 굉장한 제목이네……재미있어?"

"글쎄요. 희극적인 스토리라 꽤 재미있는 것 같아요."

이야기가 끝나자마자 시선을 책으로 돌렸고 거기 쓰인 문장을 읽어 내려가기 시작했다.

입을 닫은 유이카는 정말 인형 같았다.

열린 창문 틈으로 들어오는 바람이 그녀의 머리칼을 흔들며 반짝반짝 빛나게 했다.

마치 이야기 속에 있는 것 같은 광경에 케이키는 넋을 놓고 그녀를 바라보았다.

"……그렇게 특이해요?"

"뭐?"

"남을 힐끔힐끔 훔쳐보는 건 실례라고 생각하는데요."

"아, 미안. 그렇지. 너무 아름다워서."

"아름답다고요……?"

"아, 응. 아름다운 머리칼인 것 같아."

"……이상한 사람이네요, 키류 선배는."

그녀는 작게 한숨을 내시고 탐색하는 듯한 눈동자로 케이키를 바라보았다.

"키류 선배는 왜 유이카에게 계속 말을 거는 거예요? 이런 건방진 후배는 별로 귀엽지 않잖아요? ……선배는 혹시 여자가 짓궂게 굴면 흥분하는 타입인가요?"

"그럴 리가 없잖아……."

"그럼 좀 조용히 해주시겠어요? 보시는 대로 독서 중이거든요."

말붙일 엄두도 못 낸다는 건 이런 걸 말하는 거겠지. 유이카는 바로 시선을 책으로 돌려버렸다.

너무 끈질기게 굴면 진심으로 싫어할 것 같아서 물러나기 위해 발길을 돌리던 케이키는 테이블에 놓인 한 권의 책을 발견했다.

"아, 이 책은 읽은 적 있어."

"네? 정말요?"

"그래, 주인공이 여주인공을 위해 자신이 사랑한 나라를

적으로 돌리는 장면이 멋있었지."

"맞아요! 이 책의 주인공, 굉장히 멋있어요!"

"응? 으응……."

"많은 고난을 극복하고 갇혀 있는 여주인공에게 달려가는 마지막 장면은 최고였죠!"

"그, 그래. 그 마지막은 감동적이었어."

"그렇죠?! 지금 떠올려 봐도 두근거릴 정도로!"

그때 후배의 표정은 이쪽이 놀랄 정도로 반짝반짝 빛나서 케이키는 자신도 모르게 웃음을 터뜨릴 뻔했다.

"코가, 처음으로 웃었네."

"아……."

좋아하는 책에 대해 이야기하는 즐거움에 해바라기 같은 미소를 꽃피우던 유이카는 문득 정신을 차린 듯 뺨을 빨갛게 물들이며 원망스럽게 케이키를 노려보았다.

"이, 이런 일 정도로 절 구슬렸다고 생각하지 마세요!"

"그런 생각 안 해."

분명 특별한 일은 아무것도 없었다.

계기라고 한다면 두 사람이 같은 책을 읽었다는 것 정도.

그러는 사이 도서위원 당번이 겹치게 되고 도서실에서 위원회 일이나 책에 대한 이야기를 나누는 동안 조금씩 친해졌다.

조금씩 솔직하게 웃어주는 일이 늘어났다.

미소를 짓는 후배는 무뚝뚝하게 침묵을 지키고 있을 때보다 훨씬 매력적이고 귀여웠다.

◇

팬티를 뒤지는 현장을 목격당한 날부터 유이카의 노예로서 그녀에게 최선을 다하는 생활이 시작되었다.

"케이키 선배. 유이카, 차가운 주스가 마시고 싶어요."

"뛰어가서 사올게요!"

유이카가 음료수를 원하면 전속력으로 사러 가고

"케이키 선배. 유이카, 어깨가 결리는 것 같아요."

"외람되지만 이 케이키가 어깨를 주물러 드리겠습니다!"

유이카가 어깨 결림을 호소하면 친절하고 정중하게 마사지를 해주고

"케이키 선배. 유이카, 더워서 양말이 화끈거려요. 갈아 신겨주세요."

"네, 물론이죠!"

유이카의 양말이 화끈거리면 새 양말로 갈아 신겨 주었다.

"아, 선배. 니삭스 페티시스트라고 해서 유이카의 양말 냄새를 킁킁 맡으면 안 돼요."

"그런 짓 안 해. 그리고 난 니삭스 페티시스트가 아니거든."

"혼란을 틈타 팬티를 엿보기라도 하면 이대로 차버릴 거

예요.”

“안 봐.”

아니, 치마가 절묘하게 방해를 해서 보려고 해도 보이지 않았다.

유이카의 양말을 벗기고 그녀가 가방에서 꺼낸 새 양말을 맨발에 신겼다.

의자에 앉은 유이카 앞에 무릎을 꿇고 양말을 교환하는 케이키의 모습은 이기적인 공주님을 모시는 집사 그 자체였다.

그리고 부실에서 후배 여학생에게 양말을 신겨 주는 케이키를 부실 주인인 흑발 마녀가 못 본 척할 리가 없었다.

“저기, 케이키? —아니, 주인님?”

“주인님은 아니지만 왜요?”

“왜 그렇게 바지런하게 코가를 돌보는 거야?”

“그러니까……여러 가지 일이 있어서 유이카의 노예가 되었다고나 할까요?”

“뭐……라고?”

“후후후, 그렇게 됐어요.”

유이카가 뒤에서 케이키의 목을 끌어안았다. 마치 소속권을 주장하는 것처럼.

“케이키 선배는 유이카의 노예가 됐어요. 아쉽네요, 마녀 선배.”

웃는 얼굴로 도발하는 후배를 향해 사유키는 어디까지나 냉정하게 답했다.

"흥, 어차피 케이키의 약점이라도 잡아서 억지로 복종하게 만든 거겠지. 나의 주인님이 코가 같은 왜소한 가슴에 끌릴 리가 없잖아."

"예리해……."

역시 성적이 우수한 재원. 운동신경은 떨어지지만 머리 회전 속도는 역시 대단했다.

"그런 방법으로 손에 넣은 관계 따위 아무런 의미도 없어. 이런 주종놀이, 어차피 오래 가기 힘들 테니까."

"으……."

정확한 지적에 자그마한 여왕님의 말문이 막혔다.

"그, 그럼 증명해줄게요! 케이키 선배, 여기서 선언해주세요. 글래머보다 작은 가슴이 더 좋다고!"

"뭐? 왜 이야기가 그렇게 되는 건데?"

"케이키 선배는 유이카의 가슴을 사고를 가장해서 만질 정도로 좋아하니까요!"

"잠깐, 유이카?!"

"어머, 그거라면 나도 케이키가 가슴 사이에 손을 집어넣고 만지작거린 적이 있거든."

"사유키 선배?!"

분명 케이키는 유이카의 가슴을 만진 적도, 사유키의 가

69

슴 사이에 손을 집어넣은 적도 있다.

하지만 그건 사고였고 불가항력의 산물이었다.

전혀 기쁘지 않았다고 한다면 거짓말이겠지만 어디까지나 사고였다.

"어떻게 된 거죠, 케이키 선배? 마녀 선배의 가슴을 만지작거렸어요?"

"어떻게 된 거야, 케이키? 코가의 작은 가슴을 주물거렸어? 글래머를 좋아한다는 프로필은 거짓말이었던 거야? 지독한 배신이네."

과열된 두 사람이 동시에 덤벼들었다.

"확실하게 말해보세요! 작은 것과!"

"큰 것 중에! 어느 쪽이 더 좋아?!"

오른쪽엔 왜소한 가슴.

왼쪽엔 글래머.

소극적이지만 확실하게 봉긋 솟은 후배의 가슴은 배덕적인 매력이 흘러넘쳤고, 휘어지게 열린 선배의 가슴은 다짜고짜 남자의 마음을 간질였다.

유이카의 백옥처럼 부드럽고 탄력 있는 감촉은 멋졌고 사유키의 마시멜로 같은 포용력은 압권이었다.

"나, 나는—."

글래머는 멋졌고 왜소한 가슴은 정의였다.

어느 쪽이 더 우수하냐는 논쟁은 의미가 없었다.

둘 다 이 세상에 하나뿐인 꽃이었다.

하지만 굳이 둘 중 하나를 선택한다면 케이키의 대답은 정해져 있었다.

"난 큰 가슴이 좋아! 설령 노예가 되었다고 해도 그것만은 변하지 않아!"

"바보, 바보! 케이키 선배 바보!"

"후후, 이번에는 나의 승리인 것 같네."

퍽퍽 시종을 때리는 패자와 여유의 미소를 짓는 승자.

선고를 내린 심판은 진지한 얼굴로 설명을 덧붙였다.

"오해하지 말았으면 좋겠는데 난 작은 가슴이 싫은 게 아니야. 모든 가슴은 동등하게 소중하다고 생각해!"

"명언 같은 말을 해봤자 이미 최악이거든요!"

"어머, 패배자가 투덜거리는 건 보기 흉해."

"크으윽……."

사유키의 도발에 분한 듯 입술을 깨무는 금발소녀.

"이렇게 된 이상 유이카와 선배의 유대를 보여줘야겠군요."

"뭐? 코가, 무슨 말을—."

유이카는 케이키를 향해 그 작은 손을 내밀었다.

"케이키 선배, 손!"

"멍!"

내밀어진 손 위에 케이키는 무의식적으로 주먹을 올려두고 말았다.

"아, 이런…… 반사적으로."

케이키의 약점이 되는 그 사진이 찍힌 건 그저께. 노예가 된 기간은 얼마 안 되지만 이기적인 주인에게 계속 혹사당한 탓에 완전히 하인 근성에 물들어 버렸다.

유이카가 명령하면 자신의 의사와는 관계없이 몸이 따르고 말았다.

"케이키, 설마 그렇게까지 조교됐을 줄이야……."

"사, 사유키 선배……?"

케이키를 바라보는 사유키의 눈에 차츰 눈물이 어렸다.

"난— 주인님이 다른 암컷에게 알랑거리는 모습 따위 보고 싶지 않았어!"

"앗, 잠깐, 사유키 선배?!"

미래의 주인님이 다른 여자에게 꼬리를 흔드는 광경이 예상 이상의 충격이었던 것인지 흑발의 상급생은 호되게 실연당한 소녀처럼 부실을 뛰쳐나갔다.

"우후후. 케이키 선배가 누구 것인지 드디어 이해한 것 같네요."

"아니, 아니, 아니……."

의기양양한 얼굴의 주인님과 기가 막힌 듯한 얼굴의 하인. 서예부는 오늘도 떠들썩했다.

"아—아, 마녀 선배를 상대했더니 좀 지친 것 같아요. 마사지 해줬으면 좋겠는데."

"물론입니다."

다다미 위에 엎드린 유이카의 등을 케이키가 마사지하기 시작했다.

"좀 더 세게 해도 돼요."

"옛썰!"

"……아, 아흣…… 느낌이 좋네요."

이러니저러니 해도 유이카는 그 여왕님 행세를 유감없이 발휘하고 있었다.

귀여운 얼굴을 한 도S 후배.

그런 그녀에게 약점을 잡혀 노예로서 그녀에게 충성을 다하는 케이키였지만 물론 이대로 노예를 계속할 마음은 없었다.

"……지금은 참는 거야, 키류 케이키. 지금은 견딜 때야. 유이카가 신데렐라라는 걸 확정하면 다시 역전할 날이 올 거야."

팬티를 떨어뜨린 신데렐라는 케이키에게 러브레터를 남겼다.

유이카가 신데렐라라면 그녀는 케이키에게 홀딱 반한 것이 된다.

(어쩌면 노예 계약을 파기하는 건 물론, 나에게 반했다는 약점을 이용해서 이런 일이나 저런 일도 가능할 거야! 구체적으로는 아슬아슬한 메이드복을 입혀서 봉사 플레이를 시

킨다거나!)

　메이드가 되어 케이키에게 봉사하는 건 도S의 유이카에
겐 더 이상 없을 만큼의 굴욕이겠지.

　메이드복으로 감싼 귀여운 엉덩이를 끝없이 쓰다듬는 벌
을 내리는 것도 괜찮을지 모르겠다.

　얼굴이 새빨개진 채 치욕을 견디는 소녀의 모습을 실컷
만끽하는 것까지가 한 세트.

　정말 최고의 복수. 완벽한 계획이었다.

　유이카의 노예가 되어버린 현 상태를 개선하기 위해선 유
이카가 팬티를 떨어뜨린 신데렐라이며 케이키 앞으로 러브
레터를 쓴 장본인이라는 걸 증명할 수밖에 없었다.

　그걸 위해선 분실한 신데렐라의 팬티를 찾아낼 필요가 있
었다.

　케이키가 순종적인 노예를 연기하고 있는 것도 비밀리에
그녀를 계속 조사하기 위해서였다.

　"……후후후, 두고 보자. 이 굴욕은 반드시 갚아줄 테
니까."

　작은 소리로 복수를 맹세한 노예는 유이카에게 파렴치한
봉사를 요구하는 미래예상도를 마음의 양식으로 삼아 주인
님의 피로를 풀어주는 마사지에 힘을 쏟았다.

◇

"그러니까……여, 여기 넣으면 돼?"

"아니, 좀 더 밑에. 좀 좁으니까 천천히, 부탁해."

"웃, 어라……정말 꽤 좁네. 쉽게 안 들어가."

"앗, 너무 억지로 넣으면 안 돼. 찢어질지도 모르니까."

"아, 알았어…… 앗, 들어갔다."

"들어갔네…… 심장이 조마조마했는데."

금속제 서랍에 골판지 상자를 밀어 넣은 케이키는 사다리에서 내려와 먼지 냄새가 나는 어둑어둑한 방 안을 둘러보면서 다른 상자가 없는 걸 확인했다.

"방금 그게 마지막이지?"

"응, 고마워. 덕분에 살았어."

감사인사를 전하는 상대는 한쪽 눈을 앞머리로 가린 여학생으로 이름은 후지모토 아야노.

케이키의 동급생으로 이 학교 학생회 부회장이었다.

"미안해, 갑자기 불러내서."

"됐어, 이 정도는."

금요일 방과 후, 아야노에게서 '긴급사태 발생. 지원 바람'이라는 재해 통지 같은 문자가 도착했고 학생회실을 찾은 케이키를 기다리고 있던 건 그녀와 몇 개의 골판지 상자였다.

내용물은 학생회 업무와 관련된 서류뭉치.

학생회실 옆에 있는 자료실로 옮겨야 하는데 상자는 하나

하나가 굉장히 무거웠고 다른 학생회 멤버들은 각자 용건이 있어서 다 나가고 없는 상황.

난감해진 아야노가 지인인 케이키에게 연락을 한 것이었다.

"하지만 정말 덕분에 살았어. 학생회에는 여학생들밖에 없거든."

"아— 학생회장도 여학생이었지?"

"참고로 서기도 여학생이야. 그런 이유로 학생회에서 남학생을 모집 중인데. 키류, 괜찮으면 학생회에 들어오지 않을래?"

"음…… 미안해."

"서예부의 하렘이 그렇게 만족스러워?"

"서예부는 그런 유토피아가 아니야……."

확실히 부 내의 여학생 비율은 높지만 펫 지망자인 변태 선배와 남자 선배를 노예 취급하는 소악마, 탐욕스럽게 BL 책 소재를 바라는 부녀자가 서식하고 있는 이공간이었다.

"아쉽네. 키류의 냄새를 매일 보충할 수 있을 줄 알았는데."

"역시 본심은 그거였구나."

아야노는 우등생이었지만 그 본성은 남자의 체취에 흥분하는 냄새 페티시스트였다.

체육 수업으로 땀에 찌든 케이키의 사각팬티를 손에 넣기 위해 홍차에 수면제까지 섞은 광기어린 변태였다.

귀여운 얼굴을 한 위험인물인 부회장이 느긋하게 말을 꺼냈다.

"좀 갑작스럽지만 키류의 팬티는 얼마인가요?"

"파는 거 아니거든."

"키류가 입던 팬티라면 3만 엔도 낼 수 있어. 체육 수업이 끝난 후였다면 플러스 5천 엔."

"안 판다니까?!"

대사가 여고생의 속옷을 사들이는 아저씨 같아서 왠지 기분이 좋지 않았다.

아야노는 케이키가 입던 팬티를 갖고 싶어서 참을 수 없는 것 같았다.

"이 세상에는 돈을 바라고 다 늙은 아저씨들에게 입던 팬티를 파는 여고생도 있어. 그렇다면 여자에게 팬티를 파는 남자가 있어도 이상하지 않겠지."

"동급생 여학생에게 팬티를 파는 건 보통 싫지 않을까?"

여고생의 팬티를 원하는 아저씨.

당장 돈이 필요한 여고생.

그렇게 탄생하는 수요와 공급.

여기선 아야노가 케이키의 사각팬티를 갖고 싶어 한다는 수요가 발생했지만 소유자가 매각을 거부한 탓에 공급은 막힌 결과가 되었다.

"그러니까 내 팬티는 포기해줘."

"아쉽다. 이렇게 된 이상 적어도 냄새 보급만이라도."

"앗, 잠깐 끌어안지 마!"

"아, 이거, 이 냄새가 너무 좋아. 고질병이 될 것 같아. 킁킁. 하아, 하아······."

"정말 안 되겠네, 이 녀석을 빨리 어떻게 하지 않으면······."

케이키를 끌어안고 얼굴을 붉히며 냄새에 흥분하는 모습은 마치 발정기의 고양이 같았다.

귀여운 여학생에게 끌어 안기다니, 평소라면 행복한 사건이었겠지만 이렇게까지 욕망을 드러낸 상황에선 전혀 설레지 않았다.

이 변태를 어떻게 떼어 놓을지 생각하고 있는데 등 뒤에서 가벼운 발소리가 들렸다.

"······케이키 선배?"

"유, 유이카······?"

고개를 돌리면 녀석이 있다.

열린 문 앞에 서 있는 건 금발벽안의 여왕님.

학교 교실에서 밀착하고 있는 두 사람을 목격한 유이카는 놀라움에 표정이 굳어졌다가 생긋 미소를 지어 보였다. 천사 같은 미소가 이 장면에서는 반대로 무서웠다.

"유이카. 어, 어떻게 여기?"

"문자를 보내도 답장이 없길래 찾아다녔어요. 아키야마 선배에게 학생회 임원이 불러서 나갔다는 말을 들었거든요."

"아, 그래? 그렇구나."

"그런데 케이키 선배? 유이카를 놔두고 왜 다른 여자랑 찰싹 달라붙어 있는 거예요?"

"아니, 이건 후지모토가 멋대로 끌어안은 거라고나 할까."

"그래요? 변명이라면 됐어요."

"아아아……."

불합리한 상사처럼 말하는 유이카.

본인이 물어봐놓고 그런 반응을 보이다니. 역시 도S의 여왕님이었다.

유이카는 재미있다는 듯 아양을 떨면서도 적의 어린 시선을 아야노에게 보냈다.

"학생회 부회장인 후지모토 선배죠? 처음 뵙겠습니다. 1학년의 코가 유이카입니다."

"알아. 코가는 유명하니까."

유이카의 용모는 눈에 띄었기 때문에 이 학교에서는 꽤 유명인이었다.

"후지모토 선배, 케이키 선배를 데리고 가도 될까요? 그 사람은 유이카의 소중한 사람이거든요."

"코가가 키류의 여자 친구야?"

"아니에요. 그런 것보다 훨씬 강한 유대로 이어진 관계죠."

"무슨 말인지 잘 모르겠지만 키류는 쉽게 넘겨줄 수 없어."

"네?! 어, 어째서죠?"

유이카의 물음에 아야노는 화르륵 얼굴을 붉히며 케이키를 끌어안은 채 대답했다.

"키류는 날 성적으로 기분 좋게 해주는 사람이니까."

"네에?!"

부회장의 예상치 못한 폭탄발언에 유이카의 표정이 굳어졌다.

"잠깐, 후지모토?! 무슨 말을 하는 거야?!"

"사실이야. 아야노는 키류의 포로. 이렇게 끌어안고 있는 것만으로도 흥분하게 돼."

아야노의 포로가 되었다는 말은 정확하게 하자면 키류의 '냄새'에 포로가 되었다는 거지만, 그걸 주인님에게 변명할 시간은 남아 있지 않았다.

"……."

아무 말 없이 거리를 좁힌 유이카가 케이키의 손을 꽉 붙잡았으니까.

"—이쪽으로 오세요."

다짜고짜 강압적으로.

"예, 옛썰……."

떨리는 목소리로 대답한 케이키는 유이카의 손에 이끌려 자료실을 뒤로 했다.

복도를 지나 끌려간 곳은 인적이 없는 빈 교실.

문도 창문도 모두 닫혀 후텁지근한 열기에 감싸인 공간에서 유이카는 뒤를 돌아봤다.

"후후, 드디어 둘만 남았네요."

유이카는 평소 케이키나 사유키의 앞이 아니고서는 기본적으로 본성을 숨기고 있었다.

아야노 앞에서도 억누르고 있었지만 진심으로 본성을 드러낼 때 그녀의 무시무시함을 케이키는 몸소 알고 있었다.

그녀가 입던 팬티로 질식시키려 했던 트라우마는 아직 마음에 강하게 새겨져 있었다.

"그런데 케이키 선배? 뭔가 남기고 싶은 말 없어요?"

"난 억울해."

"그래요? 유죄인 사람들은 다들 그렇게 말하죠."

"뭐야? 이 마녀 재판은?!"

시작하기 전부터 유죄가 확정되어 있는 악마의 법정이었다.

"저기, 선배? 유이카는 꽤 화가 난 상태예요. 유이카의 선배가 그렇게 지조가 없을 줄은 몰랐거든요. 이건 반드시 벌이 필요할 것 같네요."

"굉장히 불온한 말인데……구체적으로 내가 무슨 짓을 당하게 되는 거야?"

"그럼 케이키 선배, 유이카를 등지고 돌아서주세요."

"혹시 엉덩이라도 때리려고?"

"후후, 그건 그것대로 괜찮을 것 같네요."

앞으로 집행될 벌에 움찔거리면서 지시대로 등을 돌렸다.

무슨 짓을 당할지 알 수 없는 공포에 휩싸인 채 더위와 긴장으로 생긴 땀이 뺨을 타고 흘렀다.

한 방울의 땀이 바닥을 때리려는 그 순간— 유이카가 뒤에서 그를 꽉 끌어안았다.

등에 부드러운 여자의 감촉과 뜨거운 한숨이 느껴졌고 급격하게 심박 수가 상승했다.

"유, 유이카……? 뭐 하는 거야?"

"벌을 주는 거예요. 이렇게 더운 날 끌어안기면 괴롭죠?"

"그건 그런데……."

그 이상으로 쑥스러웠다.

유이카에게는 아야노처럼 남자 체취로 흥분하는 취미는 없었다.

그렇다면 그녀가 말한 대로 이 포옹에 '체벌'이외의 의미는 없겠지.

그렇게 생각하면서도 두근거림이 멈추지 않았다.

어쩌면 케이키의 심장을 중노동시키는 게 그녀 나름의 벌인 걸까?

"……저기, 유이카."

"왜요?"

"아까 일 말인데. 후지모토랑 같이 있었던 건 짐 옮기는 걸 도와주기 위해서였어. 상자가 너무 무거워서 곤란해 했거든.”

“……흐음?”

“못 믿겠어?”

“특별히 믿어줄게요. 믿어주긴 하겠지만……너무 다른 사람에게 상냥하게 대하지 마세요.”

삐친 듯한 말투로 그렇게 말하며 유이카는 팔에 힘을 더 주었다.

“……지금 케이키 선배는 유이카의 노예니까요.”

속삭임 같은 유이카의 말은 그래도 확실하게 귀에 전해졌다.

진의는 알 수 없었지만 그래도 남자의 마음을 휘젓기에는 충분한 중얼거림 —.

귀여운 주인님에게 마음이 끌리는 건 여기에서의 비밀.

노예에게 휴일은 없었다.

설령 일요일이라고 해도 주인님의 부름이 있으면 달려가야 했다.

그런 이유로 휴일 아침, 귀여운 후배의 러브콜에 잠에서 깬 케이키는 서둘러 준비를 마치고 부지런히 전속력을 다해 코가의 집으로 향했다.

아침이라고는 해도 7월 중순의 햇살은 꽤 뜨거웠다.

땀투성이가 된 상태로 아슬아슬하게 지정된 시간에 맞춰 도착했다.

인터폰을 누르자 금발 소녀가 바로 얼굴을 드러냈다.

웃는 얼굴로 맞이해주는 유이카는 새하얀 원피스 차림이었다.

여름을 느낄 수 있는 어깨끈 타입으로 얇은 어깨나 쇄골, 아름다운 피부가 눈부셨다.

순백의 옷을 몸에 두른 그녀는 정말 천사 같았고 장거리를 뛰어온 피로를 잊을 정도로 귀여웠다.

"안녕하세요, 케이키 선배."

"안녕⋯⋯."

"시간에 딱 맞춰 오셨네요. 노예로서의 자각이 생긴 것 같아서 기뻐요."

"그치만 시간에 늦으면 그 사진을 미즈하에게 보낸다고 했으니까⋯⋯."

"하하. 그런 사진을 미즈하 선배에게 보여주면 큰일 나겠죠?"

"여전히 도S구나⋯⋯."

후배의 방에서 팬티를 뒤지고 있는 화면을 동생에게 보여준다고 생각하니 소름이 돋았다.

결벽증이 있는 미즈하는 틀림없이 오빠를 경멸하겠지.

그 사랑스러운 목소리로 '오빠, 최악이야.'라는 말을 듣는다면 쇼크사할 자신이 있었다.

사랑하는 여동생에게 미움 받으며 살아갈 수 있을 만큼 시스터 콤플렉스인 오빠의 마음은 강하지 않았다.

"여기 서서 이야기하는 것도 좀 그렇고, 안으로 들어오세요."

"실례합니다."

코가의 집 안은 아주 고요했다. 유이카의 부모님은 두 분 다 맞벌이를 하셔서 심야에 귀가하는 게 당연한 일이었고 며칠 동안 집에 오지 않는 일도 많은 것 같았다.

(집에서 혼자 외롭지 않을까……?)

부모님이 돌아오지 않는다는 건 케이키의 집도 마찬가지였지만 여동생이 있는 케이키와 유이카는 외로움의 정도가 다르겠지.

그런 생각을 하면서 유이카의 뒤를 따라 그녀의 방으로 들어갔다.

"그럼 케이키 선배는 휴일을 반납하고 유이카를 위해 일을 해주셔야겠어요. 우선 이걸로 갈아입으세요."

유이카가 꺼낸 건 검은색을 바탕으로 한 옷이었다.

"이건……슈트?"

"전혀 아니에요. 그건 집사복이에요."

"집사복?"

그런 건 만화나 드라마 속에서밖에 본 적 없지만 받아든 옷을 잘 살펴보니 분명 세세한 부분이 슈트와는 다른 것 같았다.

"그거 직접 만든 거예요. 유이카가 만들었죠."

"진짜야? 직접 만든 것치곤 퀄리티가 꽤 좋네."

"바느질을 잘하거든요. 실은 어젯밤부터 안 자고 한 땀 한 땀 만든 거라 지금 완전 졸려요."

"왜 그렇게 열심히 한 건데……?"

"그 옷은 선배에게 선물할 테니까 얼른 입어보세요."

"여기서 갈아입으라고?"

"아주 꼼꼼히 관찰할 거니까 사양 말고 얼른 벗어보세요."

"알았어. 그럼 바로 벗어볼까—? 이럴 줄 알았어?! 얼른 나가!"

"네에—."

유이카가 방을 나가는 걸 확인하고 옷을 벗은 케이키는 재빨리 집사복으로 갈아입었다.

"……사이즈가 딱 맞네. 치수도 안 쟀는데……."

눈대중으로 만든 걸까? 후배의 뜻밖의 재능에 놀라며 유이카를 불러들였다.

평범한 고등학생에서 소년 집사로 변신한 케이키를 보고 그녀의 얼굴이 반짝거렸다.

"오오, 꽤 잘 어울리네요. 집사 같은 느낌이에요."

"무서울 정도로 내용이 없는 감상, 정말 고맙다."

"시험 삼아 유이카를 '아가씨'라고 불러보세요."

"알겠습니다, 아가씨."

"꺄아— 왠지 가슴이 쿵쾅쿵쾅 뛰네요. 묶고 괴롭히면서 울려보고 싶어요."

"그건 좀…… 아니, 애초에 왜 집사복이야?"

"케이키 선배는 메이드가 싫어요?"

"아주 좋아하는데."

"그거랑 똑같은 거예요. 여자들도 집사님을 동경하거든요."

"그, 그렇구나……."

잘은 모르겠지만 묘하게 설득력이 있었다.

"그럼 준비도 다 됐고, 슬슬 나가볼까요?"

"나간다니, 어딜?"

"서점이요. 시험도 끝났고 읽고 싶은 책이 많거든요. 하지만 혼자 옮기려면 너무 무거워서 짐꾼이 필요했어요."

"아, 책은 무거우니까."

"그럼 바로 가볼까요?"

"뭐? 아니, 잠깐만. 이 차림으로 가려고?"

"당연하죠. 오늘 선배는 유이카의 집사니까요. 최대한 주목을 받으면서 유이카를 즐겁게 해주세요."

"뭐야, 그 수수께끼의 수치 플레이는……."

"기대되네요— 서점 나들이."

집사의 불만을 당연한 듯 무시한 주인님은 치마를 펄럭거렸다.

새하얀 원피스를 입은 유이카는 정말 어딘가의 아가씨 같아서 자신도 모르게 넋을 놓고 바라보고 말았다.

"자, 멍하니 있지 말고 어서 가요."

"아, 으응……."

주인님의 손에 이끌려 신입 집사는 노동을 위해 코가의 집을 뒤로 했다.

역시 집사복은 주목을 끌었고, 서점에서 점원들과 손님들의 시선을 한눈에 받으면서 책을 물색한 뒤 가게를 나온 케이키와 유이카는 집으로 가던 도중 공원에 들렀다.

목적지는 놀이터가 아닌 4개의 기둥으로 이루어진 지붕 달린 휴게소.

휴게소 주변은 나무들로 둘러싸여 있었고 나무 그늘과 지붕 덕분에 굉장히 시원했다. 잠시 쉬기에는 절호의 환경으로, 책이 담긴 종이봉투를 내려놓은 케이키는 털썩 벤치에 걸터앉았다.

"아— 무거워……."

"정말 한심하네요. 그러고도 남자라고 할 수 있어요?"

"남자라고 해도 무거운 건 무거운 거니까."

코가의 집에서 가장 가까운 서점까진 걸어서 20분 정도의 거리였지만 그건 빈손으로 걸었을 경우를 말하는 거였고 하드커버의 책이 10권 들어 있는 봉투를 들고 단숨에 답파하기는 너무 가혹했다.

이렇게 조금 쉰다고 벌을 내리진 않겠지.

"입으로는 툴툴대도 유이카를 위해 일해서 행복하죠?"

"아니, 그 정도는 아니야."

"흐음, 그렇게 말할 수 있는 것도 지금뿐이에요. 조만간 유이카에게 봉사하는 게 지상 최대의 행복이 될 정도로 조교해줄 거니까."

"부드럽게 부탁드릴게요……."

"뭐, 하지만 유이카를 위해 노력한 건 사실이니까. 여기선 주인님으로서 상을 줄 필요가 있겠네요."

"상이라면……설마 팬티?"

옆에 앉은 유이카의 하반신으로 시선이 돌아갔다.

유이카에겐 상이라고 칭하며 팬티를 내밀었던 전과가 있었다.

하지만 이번에는 다른 것인지 그녀는 뺨을 붉히며 치맛단을 꽉 그러쥔 채 토라진 듯 눈을 치켜뜨고 케이크를 바라보았다.

"땀에 찌든 팬티를 원하다니. 선배는 어쩔 수 없는 변태네요."

"난 변태가 아니야."

"유이카의 방에서 팬티를 뒤지고 있던 사람이 할 말은 아닌 것 같은데요."

"크윽……."

"역시 땀에 젖은 팬티는 부끄러우니까 그건 참아주세요."

"후배의 머릿속에 난 팬티를 사랑하는 인간이 되어 있구나……."

신데렐라의 팬티를 찾고 있었던 것뿐인데 한 장면만 떼어놓고 보면 완벽한 속옷 도둑이 되는 야박함. 서랍을 열고 팬티를 물색하는 남자의 사진은 바로 신고할 레벨의 것이었고 억울함을 호소하기에는 무리가 있었다.

그건 동시에 그녀의 노예에서 해방되는 게 극히 힘들다는 것을 뜻했다.

"짜잔! 이번 상은 이거예요!"

유이카가 비닐 봉투에서 꺼내든 건 컵에 담긴 바닐라 아이스크림.

공원에 들르기 전에 편의점에서 구입한 것이었다.

그녀는 나무 스푼으로 아이스크림을 떠서 케이키에게 내밀었다.

"특별히 유이카가 먹여줄게요. 열심히 해준 상이에요."

"아, 응. 그럼……."

당돌한 전개에 놀랐지만 차가운 아이스크림의 유혹에는 저항하지 못하고 솔직하게 입으로 넣었다.

"맛있어요?"

"맛있어……."

달콤하고 차갑고 굉장히 맛있었지만 여자아이가 '아—앙'
해주는 꿈의 시추에이션에 가슴이 두근거려 맛을 느낄 틈이
없었다.

부끄럽고 쑥스럽고, 스푼을 손에 든 채 미소 짓고 있는 후
배 때문에 심장이 두근거렸다.

"유이카도 먹고 싶어졌어요."

"아, 으응. 남은 건 유이카가 먹어도 돼."

"그럼 이번에는 선배가 먹여주세요."

"그래, 그래. ……아. 하지만 스푼이 하나밖에 없네. 이러
면 간접 키스……."

"—괜찮아요."

"뭐……?"

"케이키 선배라면 간접 키스라고 해도…… 괜찮아요."

부끄러워하는 것 같기도 하고 쑥스러워 하는 것 같기도
한 표정으로 그녀는 머뭇거리며 몸을 꼼지락거렸다.

유이카가 사랑스럽게 눈을 위로 치켜뜨고 바라보자 케이
키는 무의식중에 침을 삼켰다.

"그, 그럼……."

스푼을 손에 든 케이키가 그녀의 입으로 아이스크림을 옮
겼다.

"……어, 어때?"

"으—음…… 에헤헤. 너무 부끄러워서 잘 모르겠어요."

"윽?!"

수줍어하는 미소에 가슴이 쿵 하고 내려앉았다. 그런 불의의 습격은 정말 곤란했다.

"저기, 선배? 좀 더 주세요."

"아, 그래. 맡겨줘."

흔들리는 마음을 숨기려 케이키는 열심히 아이스크림을 펐다.

"후후. 아이스크림을 먹여주니까 왠지 연인 같지 않아요?"

"연인?!"

후배의 발언에 동정이 동요했고 그 순간 스푼으로 운반되고 있던 아이스크림이 떨어져 유이카의 입으로 들어가야 했던 빙과는 그녀의 앞가슴 부분에 불시착했다.

"꺄악?! 차가워!!"

"앗, 미, 미안!"

"아아, 정말. 뭐 하는 거예요?"

"미안. 금방 닦아줄게."

"아, 잠깐만요."

티슈를 꺼낸 케이키를 유이카가 멈춰 세웠다.

"책임지고 선배가 핥아주세요."

"뭐? ……뭐?! 핥아달라니…… 내가?!"

"그럼 여기 선배 말고 따로 누가 있어요?"

"아니, 하지만……."

시선을 돌리자 얇은 옷 사이로 보이는 새하얀 피부가 눈에 들어왔다.

아름다운 쇄골과 수줍지만 확실하게 부푼 여자아이의 가슴 부분, 그런 걸 의식한 순간 이성이 마비되고 말았다.

여자아이의 가슴 부근에 떨어진 아이스크림을 핥는다는 건 굉장히 관능적이고 배덕적이었다.

역시 주저하는 상급생을 향해 소악마인 후배는 장난스러운 미소를 지으며 도발했다.

"빨리 안 하면 다 녹겠어요."

"아, 알았어."

더 이상 연하에게 놀림 받는 건 아니꼬웠다.

각오를 다지고 옆에 앉은 소녀에게로 몸을 기울였다.

가까이에서 본 보석 같은 눈동자에는 무언가를 기대하면서도 좀 겁먹은 듯한 여러 가지 감정이 섞여 있었다.

더위 탓인지 살짝 땀이 밴 피부에 얼굴을 가져다대고 그 앞가슴 부분에 입맞춤을 했다.

"꺄악?! 으읏……."

유이카는 순간 소리를 지르고 자극을 참으려는 듯 입술을 앙다물었다.

"읏…… 아, 후후, 간지러워요."

체온 때문에 녹아버린 아이스크림을 핥을 때마다 혀가 살결을 덧그리자 그녀는 작은 몸을 비틀었다.

"……하하, 선배, 귀여워요. 그렇게 열심히 핥다니. 정말 강아지 같네요."

후배의 말에 대답할 여유는 없었다.

그녀의 피부는 믿을 수 없을 만큼 매끈하고 부드러웠다.

비현실적인 상황에 머리가 녹아내릴 것만 같았고 아이스크림의 달콤함과 여자아이의 달콤한 향기에 어지러웠다.

제대로 돌아가지 않는 머리였지만 이게 이상한 행위라는 건 알 수 있었다.

명백히 평범한 선후배 관계를 벗어나 있었다.

아무리 노예라고 해도 이 나이의 여자아이가 이성에게 이런 짓을 허락할까?

평범하게 생각해봤을 때 일정 이상의 신뢰와 호의가 없으면 허락하지 않겠지.

그렇다면 그 호의는 연애감정? 역시 유이카가 신데렐라?

의문에 대한 대답은 내리지 못한 채 주어진 역할을 끝낸 케이키가 유이카에게서 몸을 뗐다.

"벌써 끝났어요? 아쉽네요."

불만스럽게 말하는 유이카였지만 그 뺨은 숨길 수 없을 만큼 빨갛게 물들어 있었고 적잖이 긴장하고 있었다는 걸 알아차릴 수 있었다.

그 이후 그녀는 애완견에게 하듯이 케이키의 머리를 부드럽게 쓰다듬었다.

"잘했어요. 착해요, 착해."

"집사 다음은 개 취급이야……?"

하지만 공주님이 웃어준다면 하인도 나쁘지 않을 것 같다는 생각을 하고 말았다.

처음에는 정말 싫었는데 요즘은 노예로서 봉사하는 것에 대한 저항감이 좀 줄어들었다고나 할까, 오히려 유이카에게 성심을 다한다는 사실에 기쁨을 느끼기 시작한 것 같았다─.

(……잠깐, 기뻐하면 안 되잖아?!)

하지만 유이카와의 관계에 평온함 같은 걸 느끼기 시작한 것도 사실.

그에겐 사유키와의 데이트 때문에 눈을 뜬 도S의 재능에다 도M의 소질까지 있는 걸지도 모르겠다.

(아니, 아니, 이건 어디까지나 일시적인 것! 약점을 잡혀 있기 때문에 견디고 있을 뿐, 그 사진만 없애버리면 금방이라도 노예 따위 관둘 거야!)

남자가 츤데레를 발휘해봤자 아무도 기뻐하지 않을 거라는 건 차치하고서라도 계속 노예의 지위에 만족하고 있을 순 없었다.

하인으로서 완전히 익숙해져버린 것 같지만 케이키의 목

적은 신데렐라의 팬티를 찾아내는 것이었고 코가 유이카가 러브레터의 발신인인지를 확인하는 것이었다.

"케이키 선배? 복잡한 얼굴을 하고 왜 그러세요?"

"아무것도 아니야!!"

"왜 흥분하는 거예요? 이상한 선배."

멀뚱거리는 표정이 또 사랑스러웠다.

내면은 짓궂은 여왕님이었지만 겉모습은 역시 천사 같았다.

살랑거리는 금색 머리칼은 정말 예뻤고 푸른 눈동자는 보석 같았고 애완동물 같은 외모는 자신도 모르게 끌어안고 싶어질 만큼 귀여웠다.

노예라는 입장이라고는 해도 이런 미소녀 옆에 24시간 붙어있을 수 있다는 건 어쩌면 남자에겐 최고의 행복일지도 모르겠다.

짓궂은 말만 하는 유이카였지만 당근과 채찍을 적절히 사용하는 그녀가 머리를 부드럽게 쓰다듬어주기도 하고 딱히 나쁜 일만 있는 게 아닌 것도 분명했다.

(여자아이의 노예……의외로 나쁘지 않을지도?)

그런 느낌으로 헤매던 어린 양은 다시 사고의 미로에 몰입하고 말았다.

그 이후 코가의 집으로 돌아와 들고 있던 짐을 유이카의 방에 내려놓고 드디어 임무를 완료했다.

"선배, 수고하셨어요."

"아가씨를 위해서라면 쉬운 일이었어요."

"후후, 좋은 마음가짐이네요. 그럼 케이키 선배는 좀 쉬고 계세요. 유이카는 땀을 많이 흘려서, 샤워 좀 하고 올게요."

"그래, 다녀와."

"여자의 알몸에 흥미가 있을 나이라는 건 알지만 훔쳐보면 안 돼요!"

"안 봐."

"아, 하지만 꼭 보고 싶으면 살짝 봐도 돼요."

"대체 어쩌라는 거야?!"

"그 대신, 나중에 멋진 벌이 기다리고 있겠지만요."

"얌전히 여기 있을게."

체벌은 이제 지긋지긋해. 팬티를 입에 물고 질식할 뻔하고 넘어진 상태로 가슴을 만지게 하고, 뭐 하나 제대로 된 추억이 없었다.

노예의 대답에 만족스러운 듯 고개를 끄덕이며 유이카는 방을 나섰다.

"그건 그렇고⋯⋯그래도 남자가 있는데 샤워라니, 너무 무방비한 거 아니야?"

그만큼 신뢰하고 있다는 뜻이라면 기쁘겠지만 남자로서 보지 않을 가능성도 있었다.

오히려 후자일 가능성이 높다는 게 좀 서글펐다.

"······쿡쿡, 뭐, 최대한 방심하는 게 좋아. 샤워를 하기 시작했다면 그 사이에 팬티를 찾아줄 테니까!"

"—아, 그리고 선배."

"아가씨?! 무, 무무무무슨 일이신가요?!"

갑자기 주인이 돌아와서 크게 당황한 범죄자 예비군.

"이 말을 깜빡했는데 샤워 중에 팬티를 뒤지면 종신형에 처하겠어요."

"종신형?!"

"그러니까 얌전히 기다리세요."

"예, 옛썰!"

콧노래를 부르며 욕실로 향하는 후배를 굳어진 얼굴로 배웅하며 일단 팬티 찾는 건 그만두자고 생각하는 케이키였다.

"······이러면 아무리 시간이 지나도 신데렐라를 확인할 수 없잖아."

이래서야 사라진 팬티의 행방은 결국 알 수 없을 것이다.

뭔가 좋은 방법이 없을지 이래저래 생각하고 있는데

"—꺄아아아아아아아아아아아아아아아아악?!"

집 안에 유이카의 비명이 울려 퍼졌다.

"유이카?!"

후배의 위기를 알아차린 케이키는 튕기듯 방을 뛰어나

갔다.

계단을 뛰어내려와 서둘러 욕실로 들어가 보니 털썩 엉덩방아를 찧은 유이카가 겁에 질린 듯 몸을 떨고 있었다.

"케이키 선배! 거, 거미! 거미가!"

"뭐……? 거미?"

시선을 밑으로 내리깔자 거기엔 바스락거리며 이동하는 발이 8개인 생물체가 있었다.

"뭐, 뭐야? 거미였어……?"

"그렇게 말할 때가 아니에요! 대사건이라고요! 어, 어떻게 좀 해주세요!"

정말 싫은 듯 후배는 울상이 되어 있었다.

여왕님은 거미를 싫어하는 모양. 소악마의 의외의 약점을 발견한 것 같다.

케이키는 탈의실에 있던 핸드 사이즈의 빗자루로 거미를 들어 올려 욕실 창문으로 내보냈다.

"이걸로 됐어. 이제 괜찮아."

"가, 감사합니다……."

위기가 사라지고 안심한 듯 한숨을 내쉬는 유이카.

"아……."

케이키는 그때 겨우 자신이 터무니없는 상황에 처했다는 걸 깨달았다.

욕실 안에서 샤워를 하려했던 유이카는 물론 알몸이었

고 그 미성숙하면서도 아름다운 알몸을 충분히 지켜보고 말았다.

살짝 부푼 가슴도, 하복부도, 모든 것이 있는 그대로의 모습으로 거기 있었다.

그런 그녀의 너무나도 무방비한 모습을 눈에 담고 케이키의 사고는 완전히 정지했다.

"케이키 선배? ──하앗?!"

케이키의 시선을 알아차리고 자신이 알몸이라는 사실을 깨달은 유이카의 얼굴이 한순간에 새빨개졌다.

"……아……아……."

핑크빛 입술이 부들부들 떨리고 아름다운 눈에 다시 눈물이 맺혔다.

그 다음 순간 그녀의 손이 근처에 있던 샴푸 용기로 향했다.

"언제까지 볼 거예요?!"

"커헉?!"

유이카가 던진 샴푸 통이 안면을 깔끔하게 강타.

날아온 용기의 내용물은 거의 꽉 차 있었고 요컨대 굉장히 아팠다.

주인님의 망측한 모습을 목격하고 무사히 돌아갈 수 있을 리가 없었고 목욕 가운으로 방어를 단단히 한 유이카에게 '앞아'와 '기다려' 더블 콤보를 명령받은 애처로운 노예는 그녀의 방에서 정좌한 채 대기하고 있었다.

얼마 지나지 않아 샤워를 끝내고 옷을 갈아입은 유이카가 돌아왔다.

새하얀 원피스와는 정반대의 검은 드레스 같은 사복에 검은 양말까지 완비.

검정 일색인 그 모습은 마치 천사에서 악마로 변신한 것 같았다.

침대에 걸터앉은 그녀는 의젓하게 다리를 꼬고 정말이지 화가 난 듯한 표정으로 중죄인을 내려다보고 있었다.

"남겨둘 말이 있나요? 없죠? 그럼 판결하겠습니다. ─극형으로."

"잠깐?!"

변호인 부재인 재판은 일순간 끝나버렸다. 더불어 인생도 끝나버린 것 같았다.

"유이카의 알몸을 본 죄는 무거워요. 이러면 체벌 확정이네요. 자, 고개를 숙이세요! 마치 추태를 반성하는 개처럼!"

"이, 이렇게?"

무릎을 꿇고 머리를 숙이자 머리 위에서 키득키득 웃는 소리가 들렸다.

"아직이에요. 자, 직접 애원해보세요. '이 똥개의 머리를 유이카 님의 발로 꾹꾹 밟아주세요'라고."

"이 똥개의 머리를 유이카 님의 발로 꾹꾹 밟아주세요!"

"하하. 어쩔 수 없네요. 유이카가 선배를 꾹꾹 밟아줄게요!"

그리고 시작된 체벌 타임.

침대에 걸터앉은 후배의 발이 노예의 머리를 꾹꾹 밟았다.

보통 인간의 다리는 팔보다 힘이 3배 정도 강하다고들 한다.

아무리 연약한 여자아이라고는 해도 발에 밟히면 똑같이 아팠다.

양말 너머라고는 해도 연하 여자아이에게 발길질 당하는 이 상황.

굉장히 굴욕적인데 저항할 마음이 들지 않는 건 알몸을 본 죄책감 때문일까?

아니면 미소녀에게 밟히면서 일종의 편안함을 느끼고 있기 때문일까?

후자라고 한다면 케이키는 정말 때를 놓친 걸지도 모른다.

"자, 선배? 사죄의 말은 없나요?"

"아악……! 죄, 죄송했습니다아아아아아!!"

"뭐가 유이카의 역린을 건드렸는지 알아요?"

"유이카 님의 망측한 모습을 핥는 듯한 시선으로 지켜보고 만 것입니다!"

"하하. 참혹하네요, 선배? 연하 여학생에게 머리를 밟히며 용서를 비는 그 모습, 정말 한심해요! 그런 선배를 보고 있으면— 유이카는 굉장히 오싹거려요."

뺨이 상기된 채 최상의 컨디션을 보이는 S소녀.

한층 더 세게 밟힌 노예가 '아흑'이라는 괴로움으로도 유쾌함으로도 들리는 비명을 흘렸다.

소년 집사가 여자아이에게 밟히며 괴로워하는 광경은 비교적 장렬한 모습이었다.

"—정말 선배는 어쩔 수 없는 똥개네요."

작은 목소리로 속삭이며 유이카가 발을 뗐다.

"하지만 유이카에게 달려와 준 건 기뻤어요."

"뭐……?"

"아, 하지만, 알몸을 본 죄는 무거워요! 중죄예요! 이 정도의 벌로 용서받을 수 있을 거라고 생각하지 마세요!"

"아, 응……."

어안이 벙벙한 상태로 고개를 끄덕였다.

유이카는 한숨을 내쉬며 왼손으로 침대를 톡톡 두들겼다. 아무래도 앉으라는 뜻인 것 같았다.

케이키가 옆에 앉자 그녀는 어리광 부리듯 그에게 기댔다.

"유, 유이카?"

"이것도 벌이에요."

"이것도 벌이구나."

"그리고 머리를 쓰다듬어주세요."

속죄하기 위해 작은 머리를 부드럽게 쓰다듬자 그녀는 기분 좋은 듯 눈을 가늘게 떴다.

"……왠지 그립네요. 옛날에는 자주 이렇게 해줬는데."

속삭이듯 투덜대는 유이카의 시선 끝에 책상 위에 올려놓은 액자가 보였다.

그 사진에 찍혀있는 건 금색 머리의 작은 여자아이와 상냥해 보이는 묘령의 여성.

여성에게 매달려 있는 여자아이는 지금보다 머리가 길었지만 얼굴 생김새로 볼 때 유이카가 틀림없는 것 같았다. 그렇다면 여성은—.

"이 분은 혹시……."

"네. 유이카의 할머니예요."

영국인이었다는 할머니.

유이카의 머리칼과 눈동자 색은 그녀에게 물려받은 것이었다.

"유이카는 옛날부터 이런 외모였으니까 놀림 받는 게 싫어서 학교에서는 늘 혼자였어요. 그 외로움을 메우기 위해 방과 후에는 할머니 집에 죽치고 있었죠."

유이카의 금발벽안은 어린애들이 보기에 호기심과 두려움의 대상이었겠지.

유이카의 이야기에서 예측해보면 별로 좋은 추억은 없었던 것은 틀림없었다.

"할머니는 상냥한 분이셨어요. 유이카의 이야기를 들어주고 괴롭힘 당할 때는 위로해주고. 자주 머리를 쓰다듬어주셨어요. 유이카는 할머니가 정말 좋았죠. 정말 좋아하는 할머니가 있으면 다른 건 아무것도 필요 없었어요. 그래서 할머니가 돌아가셨을 때 배신당한 기분이 들었던 것같아요. 정말 좋아했는데 유이카를 두고 가버리다니 너무한다고."

어린아이였던 유이카로서는 사랑하는 사람을 잃은 현실은 받아들이기 힘들었겠지.

가장 사랑하던 사람에게 갑자기 외면당한 듯한 기분이었을지도 모른다.

"할머니가 돌아가신 이후로는 그때까지 이상으로 주변과 거리를 두게 됐어요. 벽을 만들고 거부하고 그렇게 누군가를 좋아하지 않게 되면 잃었을 때 상처 받지 않아도 되니까."

"그래서 유이카는……."

학교 도서실에서 혼자 책들을 탐독했던 것이었다.

분명 할머니가 돌아가신 이후 몇 년 동안 그렇게 고독을 달랬겠지.

"아하하. 지금 생각해보면 정말 어린애였네요."

자조하듯 웃으며 그녀는 다시 독백 같은 말을 내뱉었다.

"내가 먼저 다가갔다면 친구가 생겼을지도 몰라요. 말을 걸어준 아이도 있었으니까. 유이카가 혼자였던 건 사실은 겉모습 때문이 아니라 유이카 자신 때문이었어요. 유이카는 원해서 혼자 있는 걸 선택한 거였어요."

그녀의 독백을 들으며 어두운 표정을 짓는 케이키를 향해 유이카는 미소를 지어 보였다.

"하지만 그렇게 귀엽지 않은 유이카에게 케이키 선배는 말을 걸어줬어요. 몇 번이나, 몇 번이나. 무시하는 게 귀찮을 정도로."

가시가 있는 말과는 정반대로 그녀는 어딘가 즐거워 보였다.

"처음에는 유이카에게 욕을 듣고 싶을 뿐인 비열한 돼지 녀석이라고 생각했지만."

"지독한 오해네……."

"이 사람, 유이카의 노예가 되고 싶은 걸까? 라고 생각했다니까요."

"정말 지독한 오해야……."

"하지만 선배는 이런 유이카에게 이러니저러니 해도 상냥하게 대해주셨잖아요."

유이카가 부드러운 미소를 보여서 순간 주춤거리고 말았다.

"정말 혼자 있고 싶다면 유이카는 도서실에 남을 필요 따위 없었어요. 내버려두라고 말하면서, 매일 도서실에 틀어

박혀 쌀쌀맞은 척하면서 선배가 말을 걸어주길 기다리고 있었어요. 오늘도 말을 걸어줄까? 궁금해 하면서.”

정말 혼자 있고 싶다면 책은 집에서 읽으면 된다.

하지만 그녀는 방과 후 도서실에 계속 눌러 앉아 있었다.

시원찮은 상급생이 말을 걸어주길 기대하면서.

“기뻤어요. 건방지고 귀엽지 않은 유이카에게 몇 번이나 말을 걸어주고 상냥하게 대해줘서. 이렇게 유이카를 신경 써 준 사람은 선배가 처음이었어요. 그런 케이키 선배니까— 선배는 유이카에게 ‘특별한 존재’예요.”

케이키가 유이카와 보낸 시간은 그 정도로 길지 않았다.

4월에 처음 만난 이후 겨우 단 몇 달.

하지만 그 나날들은 유이카에게 특별한 시간들이었다.

“유이카…….”

“하하. 왠지 쑥스럽네요…….”

생각해보면 여자애의 방에서 그것도 참대에 나란히 앉아 있는 이 상황은 꽤 상급자용 시추에이션이었다.

머리를 밟혀서 감각이 마비됐지만 이 상태는 분명 쑥스러웠다.

게다가 유이카의 마음을 들은 뒤에는 더욱 그랬다.

“여기가 좀 더워진 것 같네요. 차가운 음료수라도 갖고 올게요.”

그 분위기를 견디지 못한 유이카가 자리에서 일어났다.

"······어라? 아, ······으응?!"

순간 비틀거린 그녀는 등을 대고 침대에 쓰러져버렸다.

"유이카?!"

"아하하. 갑자기 일어나서 현기증이 난 것 같아요. 수면 부족 때문인가?"

"······."

"케이키 선배? 왜 그래요? 그렇게 무서운 얼굴로······."

그녀의 질문에는 대답하지 않고 케이키는 허리를 들어 침대 위로 올라간 뒤 양손을 짚고 유이카 위에 올라섰다.

"응······? 선······배?"

"움직이지 마."

"흐아악?!"

갑작스러운 전개에 당황해 부산떠는 유이카.

한편 케이키는 진지한 표정으로 다시 몸을 소녀 쪽으로 기울였다.

"아······ 안 돼······ 갑자기 그런 건······."

어떤 미래를 상상한 건지 뺨을 자줏빛으로 물들인 소녀가 눈을 꽉 감았다.

방금 샤워를 한 그녀의 피부에 새로운 땀방울이 맺혔다.

침대가 삐걱거릴 때마다 그녀의 몸이 움찔거리며 떨렸다.

그리고— 케이키는 베개 밑에서 그 천 조각을 꺼내들었다.

"······유이카, 이건 뭐야?"

"네? ……아."

베개 밑에 있었던 건 이런 곳에 있어선 안 되는 것.

여자아이가 사용하리라고는 생각할 수 없는 남성용 속옷— 너무 익숙해서 곤란한 회색 사각팬티는 또다시 케이키의 것이었다.

"질문. 왜 내 팬티가 유이카의 방에 있는 걸까요?"

"그건, 그러니까……에헷☆"

"웃는 얼굴로 얼버무리려고 해봤자 소용없어. 이 건에 관해서 난 추궁을 그만두지 않을 거니까."

우격다짐 같은 태도에 후배의 미소가 얼어붙었다.

"저기……일단 말하기 시작하면 길어질 텐데."

"짧게 부탁할게."

"그건 좀 어려울 것 같은데요."

"짧게."

"네……."

관계의 우열이 역전되어 침대 위에 정좌한 유이카가 사정을 설명하기 시작했다.

"이전에 케이키 선배 집에 찾아갔을 때의 일이에요. 선배가 방을 비운 틈에 야한 책을 찾아보려고 여기저기 물색하고 있었는데."

"대체 무슨 짓을 한 거야……."

사유키도 그렇고 유이카도 그렇고 남자 방에 들어가서 야

한 책을 찾지 않으면 안 되는 저주라도 걸린 걸까?

"그러다 우연히 그걸 발견했어요. 남자 팬티는 좀처럼 볼 기회가 없으니까 그림책 작가를 지망한다면 언젠가 사각팬티를 그릴 일이 있을지도 모르고, 구조나 질감 같은 게 여러 가지로 신경 쓰여서……무의식중에 가방 속에."

"그건 그냥 도난사건이잖아."

변태 소녀에 의한 제2의 사각팬티 도난 사건 발견.

사유키뿐만 아니라 유이카까지 케이키의 팬티를 탈취한 것이다.

"참고로 냄새를 맡진 않았겠지?"

"사, 살짝……?"

"순경 아저씨, 이 아이 좀 잡아가세요!"

"어, 어쩔 수 없잖아요."

약간 울상이 된 금발소녀가 얼굴을 새빨갛게 붉히며 외쳤다.

"여자도 남자의 팬티에 흥미가 많거든요!"

"으, 응……."

남자의 체취 때문에 팬티를 원하는 아야노는 예외였지만 사유키의 전례도 있었다.

남자가 여자의 속옷을 흘끗 엿보길 원하듯이 여자도 남자

의 속옷에 흥미가 있겠지.

그렇다고 훔쳐도 된다는 결론이 나오진 않지만.

"애초에 내가 먼저 눈치 챘어야지…… 팬티가 2장이나 없어졌는데……."

그 이후 사각팬티 도난을 비난하지 않는 대신 '그 사진'을 파기하는 계약을 유이카와 맺고 드디어 케이키는 노예에서 해방되었다.

종업식이 끝나고 찾아온 1학기 마지막 방과 후. 7월 하순의 햇볕으로부터 도망치기 위해 중앙 정원 나무 그늘로 피신한 케이키와 쇼마 두 사람은 벤치에 앉아 잡담을 하며 즐거워하고 있었다.

"내일부터 여름방학이네―."

"그러게―."

"올해도 여자 친구가 없는 여름방학이 시작되는구나―."

"그러게―."

"쇼마는 코하루 선배도 있으니까 여자 친구가 있는 거나 마찬가지잖아. 이 배신자."

"아직 정식으로 사귀는 건 아니지만."

"친구 이상 연인 미만은 내 입장에선 사귀는 거나 마찬가지야. 이번 여름은 코하루 선배랑 알콩달콩 보낼 거지? 바다에 가서 수영복 차림으로 달콤한 시간을 보내고 불꽃놀이를 하는 날 밤에 신사 뒤에서 쪽쪽거릴 거잖아? 말하다 보니 엄청 질투 나는데?!"

"오늘 케이키는 평소 이상으로 흥분한 것 같네."

더위와 질투는 사람을 이상하게 만든다.

여자 친구가 없는 역사를 순조롭게 갱신하고 있는 케이키에게 코하루라는 귀여운 연인(임시)을 얻은 쇼마를 향한 질

115

투의 불꽃은 한여름의 태양보다도 뜨거웠다.

"확실히 코하루는 귀여워. 작고 아담하고 군더더기 없는 체형이 멋있다고 생각해."

"그거 전부 같은 의미 아니야?"

"하지만 그 장점을 상쇄하기에 충분한 문제점이 있다고나 할까……."

"무슨 일 있었어?"

"실은 얼마 전에 코하루의 방에 들어갔었는데."

"아, 방 한쪽 면에 도촬 사전이 쫙 붙어있었어?"

"아니, 언뜻 보기엔 평범한 방이었어. 하지만 선반 가득 DVD 케이스가 있더라고. 라벨에 '쇼마의 기록영상'이라고 쓰여 있었어. 그것도 넘버링은 100개 이상……"

"……."

"그리고 나의 하루 행동이 10분 단위로 기록된 메모장도 발견됐어. 작은 글자로 빈틈없이 빽빽하게 쓰여 있더라고."

"우와……."

스토커 소녀의 사랑은 여전히 중량급이었다.

몸은 작지만 쇼마에 대한 코하루의 마음은 누구보다도 컸다.

"하지만 그런 거라면 나도 얼마 전에 사유키 선배가 내 사각팬티를 입고 있었으니까."

"……서로 힘들구나."

"……그러게."

변태의 타입은 다르지만 특수한 성벽을 가진 여자아이들 때문에 고생하고 있다는 점은 똑같았다.

케이키는 하늘을 우러러보듯 벤치에 몸을 기댔다.

"제길— 올해야말로 귀여운 여자 친구를 얻어서 장밋빛 여름방학을 보낼 예정이었는데."

"결국 신데렐라의 정체는 알아내지 못했지."

케이키가 발신인 불명의 러브레터를 발견한 건 5월. 그 이후 두 달 이상이나 팬티를 떨어뜨린 신데렐라를 찾고 있는데 아직도 특정하지 못했다.

케이키의 방에서 신데렐라의 팬티가 없어진 '팬티 소실 사건'으로 사유키와 유이카, 두 사람으로 용의자를 좁혔지만 보다 깊은 조사를 했음에도 불구하고 신데렐라로 이어지는 증거는 잡을 수 없었다.

"난 슬슬 가볼게. 지금부터 부활이 있어."

"그래, 힘내라."

테니스 부 연습을 하러 가는 친구를 배웅하고 케이키는 다시 벤치에 기대앉았다.

"……하아, 나에게 고백해줄 여자 어디 없나?"

입으로 말하면서도 그게 현실로 일어날 리 없는 전개라는 걸 이해하고 있었다.

실제로 지금까지의 인생에서 여자에게 사랑의 고백을 받

은 적도 없고(변태적 고백이라면 몇 번이나 받았지만 그런 건 요만큼도 기쁘지 않았다.)

그런 케이키에게 부실에 놓여 있던 러브레터는 하늘에서 내려준 기적이었다.

"—아, 찾았다. 키류."

"어라, 난죠?"

옆으로 질끈 묶은 밤색 머리카락을 흩날리며 다가온 사람은 마오였다.

"무슨 일이야? 소재 수집이라도 하러 온 거야?"

"……."

벤치 정면에 선 마오는 질문에는 대답하지 않고 진지한 표정으로 케이키를 가리켰다.

투지 있는 눈동자에 결의를 담고 뺨을 살짝 붉힌 소녀가 말했다.

"키류! 나의 남자친구가 되어줘!"

"……뭐?"

순간 케이키는 마오가 한 대사의 의미를 이해할 수 없었다.

이 경우 '나'라는 건 물론 마오를 말하는 것이고 남자친구라는 건 이른바 보이프렌드라는 거겠지.

보이프렌드— 즉 연인.

마오는 지금 케이키를 향해 '자신의 연인이 되어줘'라고 말한 것이다.

그게 의미하는 건—.

"으아아아아아악?! 설마 나에게도 인기 있는 시기가 찾아온 건가?!"

키류 케이키, 고등학교 2학년 여름.

여름방학 전날, 같은 반 친구인 좀 화려한 여자아이에게 태어나서 처음으로 '사랑의 고백'을 받았다.

◇

다음날, 여름방학 첫날 날씨는 기분 좋게 쾌청했다.

투명한 파란 하늘 아래, 역을 향해 바삭거리는 마른 아스팔트를 밟으며 케이키는 오늘 일정을 반추했다.

"……설마, 난죠와 데이트하는 날이 올 줄은 몰랐는데."

케이키에게 난죠 마오는 같은 반 학생이자 친구였고 서예부 동료였다.

남자끼리의 금단의 사랑을 그리는 BL 작가로 케이키와 쇼마를 모델로 동인지를 그리고 있는 부녀자인 마오였지만 쌀쌀맞은 태도를 가장하면서도 실은 정이 많고 상냥한 여자아이였다.

어떤 인과가 움직였는지 오늘은 그런 여자아이와 데이트를 할 예정이었다.

그렇게 찾아간 역 입구.

만나기로 한 장소에는 처음 보는 여자아이 한 명이 벽에 등을 기대고 무료한 듯 서 있었다.

나이는 케이키와 같거나 살짝 많아 보였다.

튜닉에 스커트를 맞춘 여름 복장에 허리까지 닿는 긴 머리는 웨이브가 들어가 있었고 세련된 모자를 쓰고 있었는데 어떻게 봐도 '지금부터 데이트가 있습니다'라고 말하는 듯했다.

(엄청 예쁘다…….)

이런 미인과 데이트할 수 있는 남자는 분명 쇼마급 꽃미남일 게 틀림없어.

그런 생각을 하면서 가볍게 주변을 확인했지만 오늘 만나기로 한 인물은 보이지 않았다.

"난쿄는 아직 안 온 건가?"

시각은 9시 50분을 넘어가고 있었다. 약속 시간까진 아직 좀 여유가 있었다.

케이키는 느긋하게 기다리기로 하고 먼저 온 여자아이에게서 좀 거리를 둔 채 그녀처럼 벽에 등을 기댔다.

그러자—.

"—잠깐. 왜 외면하는 거야?"

그 목소리와 함께 케이키의 뺨을 누군가가 손가락으로 쿡 찔렀다.

"뭐?"

놀라 돌아보자 먼저 와 있던 여자아이가 입술을 삐죽거리면서

"좋은 아침. 오늘도 굉장히 덥네."

그렇게 굉장히 호의적인 인사를 건넸다.

"저기……우리가 어디서 만난 적이 있던가?"

"뭐야, 그게. 새로운 인사법이야? 키류 친구들의 트렌드?"

"응? 키류라니……설마, 난죠?!"

"맞는데. 너무 놀라는 거 아니야?"

"그치만, 분위기가 너무 달라서……."

처음 보는 여자아이라고 생각했던 인물은 그도 충분히 아는 사람이었다.

밤색 머리칼을 늘어뜨린 오늘의 마오는 다른 사람 같았고 원래 세련됐지만 평소 이상으로 어른스럽게 보여서 자신도 모르게 심장이 두근거렸다.

"살짝 기합을 넣어봤는데 어때?"

"괴, 굉장히 귀여운 것……같아."

"흐음. 뭐, 당연하지. 바로 키류를 두근거리게 했으니까."

"두, 두근거리지 않았거든!"

"그렇게 얼굴이 빨개진 채 말해봤자 설득력이 없어."

"윽…….”

“데이트 상대의 평소와 다른 분위기에 두근거리는 키류……머리를 자르고 이미지 변신한 쇼우토에게 두근거리는 케이크……아, 이거 다음 동인지에 쓸 수 있을 것 같아. 후후……큭큭큭큭큭큭.”

“아, 이 녀석 난죠였지. 완벽히 난죠였어.”

겉모습이 변해도 내면은 발효된 변태였다.

“그럼 오늘은 잘 부탁해, 남자친구 씨.”

“그래, 뭐, 어떻게든 해볼게.”

“정신 똑바로 차려. 오늘 데이트는 중요한 ‘취재’를 위해서 하는 거니까.”

“알고 있어.”

“만약 적당히 시간을 때우려고 하면 미즈하에게 나의 동인지를 선물할 거야.”

“BL책을 협박재료로 사용하는 건 이제 그만 관두면 안 될까?”

자신이 모델인 BL 만화를 사랑하는 여동생에게 보여줄 순 없었다.

따라서 마오의 요구는 무조건적으로 받아들일 수밖에 없다. 거부권이 없는 악마의 선택이었다.

(……정말, 일이 이렇게 될 줄은 몰랐는데.)

화장을 하고 멋을 부린 마오와 농담을 나누면서 케이키는 어제 일을 떠올렸다.

학교 중앙정원에서 그녀가 '남자친구가 되어줘'라고 말했을 때의 일을—.

"—편집자에게 스카우트됐다고?"

"응. 얼마 전에 동인지 이벤트가 있었는데 월간지 편집장이 말을 걸더라고. 잡지에 게재할 단편 만화를 그려보지 않겠냐고."

"오오, 굉장한데?"

중앙정원에서의 갑작스러운 고백 이후 벤치에 앉은 마오가 꺼낸 말은 뜻밖의 사정이었다.

이벤트에 찾아온 손님이 실은 만화 잡지 편집자였고 마오의 그림 실력을 눈여겨본 그 사람에게 스카우트 당했다고 했다. 작품 내용은 둘째 치고 마오의 그림 실력은 진짜니까 그런 이야기가 나온다고 해도 이상하진 않겠지.

"……아니, 잠깐만. 설마 쇼우토 케이크 시리즈가 잡지에 게재되는 거야?"

"로망이 넘치는 전개지만 그건 아니야. 그 잡지는 건전한 소녀 만화를 다루는 평범한 월간지니까."

"다행이다. 그럼 안심이네."

쇼우토 케이크 시리즈는 마오가 그리고 있는 동인지로 케이키와 쇼마를 모델로 그린 농도 짙은 BL 만화(19금)였다.

그런 게 세상에 날개 치는 건 단연코 반대였지만 소녀 만화를 다루는 잡지라면 마오가 잘 그리는 끈적끈적한 이야기는 실리지 않겠지.

　"하지만 난죠가 소녀 만화를 그릴 수 있겠어?"

　"물론 그린 적은 없지만 모처럼 받은 제안이고 나의 가능성을 넓힐 기회라고 생각해. 장래에 어떤 길로 나아갈지 모르겠지만 이 도전은 분명 헛되지 않을 거야."

　"……."

　"키류?"

　"아, 아니…… 뭔가 꽤 진지하게 생각하고 있는 것 같아서."

　"뭐? 뭐야, 그게. 실례잖아."

　"그치만 네 머릿속엔 BL밖에 없는 줄 알았으니까."

　"그건 부정할 수 없겠네. 애초에 BL에 대해서밖에 생각하지 않고."

　"그렇겠지."

　BL에 대한 마오의 정열은 무시무시한 것이었다.

　만화 구도나 작화의 퀄리티는 초보인 케이키가 봐도 공을 들이고 있다는 걸 알 수 있을 정도의 레벨이었다.

　"하지만 난, 실제로 소녀 만화 그리는 방법 같은 건 잘 모르니까 어떻게든 시나리오 소재를 모으고 싶어. 그래서 아까 이야기로 돌아가서."

　"나에게 남자친구가 되어줬으면 좋겠다는 이야기?"

"맞아. 키류가 임시 남자친구로서 취재에 협력해줬으면 좋겠어. 지금까지 BL 만화밖에 그린 적 없으니까 평범한 연인의 분위기를 알고 싶거든."

"임시 남자친구라면 쇼마도 괜찮지 않아?"

"로리콘은 샘플로 쓸 수 없잖아."

"아아……."

납득이 가는 이유였다.

"하지만 취재라면, 구체적으로는 뭘 하는 건데?"

"내일 나랑 데이트해줘."

"내일? 갑작스럽네."

"부탁이야. 이런 건 너에게밖에 부탁할 수 없단 말이야."

"……뭐, 그런 거라면 별 수 없지."

뚱딴지같은 의뢰였지만 BL 만화의 소재가 되는 것보다는 몇 배 나았다.

게다가 신데렐라를 특정할 수 없었던 왕자에게는 특별한 여름방학 일정도 없었다.

결론부터 말하자면 친구의 부탁을 거절할 이유는 아무것도 없었다.

그런 이유로 여름방학 첫날인 오늘, 케이키는 마오의 남자친구 역할로서 데이트라는 이름의 취재에 협력하게 되었다.

"일단 네가 먼저 나에게 사과해야 한다고 생각해. 나의 순정을 돌려달라고."

"뭐야? 정말 고백 받았다고 생각한 거야? 그럴 리가 없잖아."

"그래, 그래. 어차피 난 인기가 없으니까."

"……그런 건 아니라고 생각하는데."

"뭐?"

"아무것도 아니야. ─자, 어서 지하철 타자."

"아, 그래."

앞서 나가는 마오를 따라 케이키도 역으로 들어갔다.

"하지만 굉장하다. 편집자가 너에게 말을 걸다니."

"아직 게재가 결정된 건 아니지만. 일단 콘티를 그려보고 그게 통과하면 다음 순서로 넘어가겠지."

"즉 오늘 취재가 굉장히 중요하다는 뜻이구나."

"그런 거지. 그러니까 키류도 오늘은 정말 연인처럼 날 대해줘."

"연인이라……그럼 손이라도 잡을까?"

"뭐……?"

멍청한 소리를 내뱉으며 마오가 걸음을 멈췄다.

뒤를 돌아본 그녀의 얼굴은 사과처럼 새빨개져 있었다.

"너, 의외로 순정파구나."

"뭐……? 바, 바보! 바보 키류!"

끈적끈적한 BL 만화를 그리는 주제에 남녀가 손을 잡는 건 부끄러운 모양이었다.

부녀자의 감성은 도대체 알 수가 없었다.

"이상한 말 하지 말고 빨리 가자. 지하철 가버리겠다."

실수를 얼버무리려는 듯 마오는 다시 걸어 나갔다.

뒤돌아보면서 케이키의 손을 꽉 잡고.

"결국 손은 잡는구나."

"어디까지나 취재를 위해서야. 오늘은 철저하게 연인처럼 지내야 하니까 어쩔 수 없잖아."

"그래, 그래, 오늘은 철저하게 협조할게."

"뭐야, 그 대답. 엄청 짜증나거든?"

밉살스럽게 말하면서도 그녀는 손을 놓지 않았다.

일일 한정 위장 커플은 진짜 연인처럼 사이좋게 손을 잡은 채 지하철 역 홈을 향해 걸었다.

두 사람이 처음으로 찾아간 곳은 게임센터였다.

집 근처에 있는 게임센터보다 규모가 큰 곳으로 쇼마도 포함해서 셋이 온 적은 있지만 마오와 둘이서만 오는 건 처음이었다.

"게임센터도 데이트의 정석이라면 정석이라고 할 수 있지."

"특별히 게임을 잘하지 않아도 그럭저럭 즐길 수 있으니까."

우선 처음으로 플레이한 건 3D 격투 게임.

케이키가 조종하는 복서는 마오의 도사 캐릭터에 의해 시작한 지 10초 만에 지면으로 나가떨어졌다.

도사의 물 흐르는 듯한 연속 기술에 한 번도 반격하지 못한 채 패배했다.

"난죠는 너무 강해. 어떻게 하면 그런 레벨에 도달할 수 있어?"

"이런 게임은 근육질 남자들이 몸을 서로 부딪치는 거잖아? 그런 이유로 푹 빠져서 플레이하다보니 어느 샌가 능숙해졌어."

"뭐야, 그 미지의 숙달법은……."

"격투 게임은 정말 좋아. 공격을 받으면 남자 캐릭터가 기분 좋게 헐떡이고."

"그런 썩은 시점으로 격투 게임을 플레이한 적은 없는데."

"아, 맞다. 오늘 난 평범한 여자아이라는 설정이었지? 부녀자는 봉인해야지. ……BL 퇴장~ BL 퇴장~"

"그건 봉인이라기보다 제령 같은데……?"

격투 게임에서 케이키를 무참하게 쓰러뜨리고 그 이후 난입해온 상급 플레이어와 접전을 벌이다 승리한 마오는 기분 좋게 기기를 떠났다.

"그럼 다음으로 가볼까?"

"승산이 없으니까 대전 게임은 사양하고 싶은데."

"한심하긴— 그럼 레이스 게임이라면 나에게 이길 수 있겠지? 자, 가자."

그렇게 말하며 마오는 갑자기 케이키의 팔짱을 꼈다.

"나, 난죠? 왜 팔짱을 끼는 거야?"

"연인끼리라면 이 정도는 보통이잖아?"

"그럴지도 모르지만……."

결코 작지 않은 가슴이 충분히 팔에 닿은 상황.

그런 건 마오 또한 눈치 못 챌 리가 없었다.

"난죠는 부끄럽지 않아?"

"바보……부끄럽지 않을 리가 없잖아……."

토라진 듯 툴툴대며 입을 삐죽거렸다.

그 반응이 너무 귀여워서 케이키는 아무 말도 할 수 없었다.

그런 케이키의 모습에 마오는 이상한 듯 웃었고 두 사람은 그대로 이동을 개시했다.

딱 붙은 상태로 서로가 닿아서 굉장히 걷기 힘들었지만 왠지 떨어질 수 없었다.

두근거리는 마음으로 소리의 홍수 속을 걷고 있는데 갑자기 마오가 멈춰 섰다.

"저기, 키류. 저거."

"응? 아, 크레인 게임이네."

이름 그대로 크레인을 조종해서 경품을 얻는 인기 게임이었다.

이 가게에는 같은 기계가 몇 개나 놓여 있었고 피규어나 과자, 잡화 등 많은 종류의 다양한 상품이 도전자의 물욕을 자극하고 있었다.

"이런 게임이 등장하면 만화 속에선 남자가 여자에게 인형을 뽑아주는 게 약속된 설정이지?"

"데이트다운 이벤트니까 도전해볼까? 난죠는 어떤 게 좋아?"

"으—음……아, 저게 좋아."

마오가 가리킨 건 빈말로도 귀엽다고 할 수 없는 펭귄 인형이었다.

험상궂은 눈초리에 극악한 얼굴로 눈썹은 짙고 토실토실 살이 찐 인형이었다.

펭귄의 무기인 것인지 통통하게 살찐 얼린 생선을 마치 곤봉을 쥐듯이 손에 들고 있었는데 그것만 플라스틱으로 되어 있는 듯 진짜 생선처럼 매끄러운 광택이 있었다.

게임기 앞에 붙어 있는 벽보에는 '펭귄 중사'라는 이름과 얼린 생선으로 적을 박살낸다는 수수께끼의 설정이 쓰여 있었다.

네이밍 센스도 신경 쓰였지만 문제는 사이즈였다.

펭귄 중사의 몸은 아주 잘 자란 수박 정도였다.

"진심이야……? 아니, 제정신이야? 무리잖아, 이런 건……."

"고난을 극복하고 여자 친구에게 인형을 선물하는 남자친구라니, 최고로 멋있을 것 같은데?"

"용기와 무모는 다른 거라고 생각해……."

플레이 요금은 한 번에 100엔. 일반적인 요금 설정이었지만 난이도를 생각하면 결코 저렴하지 않았다.

너무 큰 사이즈 탓인지, 아니면 다른 개체는 이미 누군가가 뽑아간 것인지, 케이스 안에 펭귄 중사는 하나뿐이었고 어딘가 외로워 보였다.

"뭐, 할 수 있는 만큼 해볼까?"

근처 환전기에서 1000엔짜리 지폐를 동전으로 바꾸고 바로 펭귄 중사에 도전하기로 했다.

그렇지만— 사실 기합으로 어떻게 할 수 있는 경품이 아니었다.

"안 되겠어, 이 녀석 꿈쩍도 안 해……."

"역시 중사……정말 만만치 않네."

머리 위로 크레인을 내릴 순 있어도 그 거대한 몸뚱이를 끌어올릴 수는 없었다.

그래서 생선 부분에 걸어보기도 하고 여러 가지를 시험해봤지만 멋지게 전멸.

펭귄 중사는 그 이름에 부끄럽지 않은 역전의 수완가였다.

"이게 마지막이야. 역시 크레인 게임에 이 이상의 돈을 쓸 순 없지."

"알았어. 이 이상은 키류가 딱하니까."

도전회수는 이미 9회.

10번째 100엔을 투입하고 우선 옆쪽 버튼을 눌렀다.

크레인의 움직임에 집중하고 있는데 반걸음 뒤에 있던 마오가 옆으로 다가왔다.

"……저기, 키류?"

"왜?!"

"힘내."

"응?!"

여자아이의 응원을 받고 꼴사납게 끝낼 수는 없었다.

케이키에게도 남자의 의지는 있었다.

"—지금이다아아아아아아아아아아아아아!!"

기합을 넣고 버튼에서 손을 뗐다.

크레인이 멈추고 사냥감을 덥석 움켜잡기 위해 하강을 개시했다.

하지만 크레인이 내려간 곳은 펭귄의 바로 옆쪽. 이건 붙잡고 올리는 이전의 문제였다.

"크윽, 안 되는 건가……?!"

포기하려던 그때, 벌어진 크레인의 팔이 펭귄의 머리와 부딪쳤다.

바로 옆에서 힘을 가하자 균형을 잃은 인형이 갸우뚱 넘어졌다.

뚱뚱하고 둥근 구조는 그대로 데굴데굴 회전했고 펭귄

중사는 마치 골프의 홀인원처럼 스스로 구멍으로 뛰어들었다.

"……."

"……."

예상 밖의 일에 두 사람은 얼굴을 서로 마주보았다.

"땄어……."

"땄네……."

그리고 두 사람은 동시에 웃음을 터뜨렸다.

"풉, 아하하. 뭐야, 이거, 이상해. 만화 같아."

"이런 건 반칙이잖아. 얼마나 뚱뚱한 거야? 이 펭귄."

묘한 스위치가 켜져 한바탕 둘이서 웃은 후 케이키는 상품이 나오는 구멍 속에서 인형을 구출했다.

"자, 펭귄 중사."

"응. 고마워. 소중히 아낄게."

받아든 마오는 인형을 꽉 끌어안았다.

못생긴 펭귄과는 전혀 어울리지 않는, 비겁할 정도로 귀여운 '여자 친구'의 미소에 임시 남자친구는 오늘만 몇 번의 설렘을 생산하고 있었다.

그 이후에도 데이트는 무사히 진행됐다.

정말 연인사이처럼 노래방에 갔다가 아이쇼핑도 하고.

취재를 위해서인지 오늘의 마오는 굉장히 적극적이었고

전부 연기라는 걸 이해는 하고 있지만 케이키는 계속 두근거려야 했다.

그렇게 시각은 오후 1시를 넘어갔고 배가 고파진 두 사람은 패밀리 레스토랑에 들렀다.

두 사람은 테이블 석에 마주 앉았고 종이봉투에 들어있던 펭귄 중사를 마오 옆자리에 안착시킨 후 두 사람을 찾아온 종업원을 향해 주문을 했다.

마오는 치즈 도리아와 샐러드 세트. 케이키는 오므라이스였다.

"키류는 오므라이스를 좋아해?"

"응, 그 푹신푹신한 계란을 좋아해."

"그럼 다음에 만들어줄까?"

"뭐야? 너, 요리도 할 줄 알아?"

"그런 말은 정말 실례 아냐? 이래봬도 의외로 가정적이라고."

"요리하는 난쬬의 모습이 상상이 안 되는데……."

위험한 미소를 띠며 농밀한 원고를 제조하는 모습이라면 쉽게 상상할 수 있는데.

"우리 집은 모자가정이니까. 엄마가 일 때문에 바쁘셔서 대부분 직접 만들어 먹어. 도시락도 그렇고."

"진짜? 너무 의외의 특기네……."

"원고 마감이 얼마 안 남았을 때는 학식으로 때우지만."

"어머니는 난죠가 BL 만화 그리는 걸 아셔?"

"알아. 일단 응원도 해주고 있고. ……잡지 이야기도 혹시 만화로 먹고 살 수 있게 되면 엄마도 기쁘게 해드릴 수 있지 않을까 싶어서 받아들인 거야."

"……."

"아, 미안. 이런 말을 하면 분위기만 쳐지는데."

"아니, 난죠는 대단하다고 생각해. 난죠의 그런 모습이 난 좋아."

"윽……키류의 그런 모습, 난 굉장히 치사하다고 생각하거든."

소곤소곤 무언가를 중얼거리던 마오가 얼굴을 돌렸다.

"저기……요리가 올 때까지 아직 시간이 있지?"

"그렇겠지. 도리아는 시간이 좀 걸릴 것 같고."

"그럼 지금부터 키류 인터뷰 좀 할게."

"인터뷰?"

"최근 젊은 사람들 의식 조사도 중요한 취재 중 하나거든."

"내 데이터만 모아봤자 의미가 없잖아."

"전혀 없는 것보단 낫잖아. 그러니까 키류는 질문에 솔직하게 대답할 것."

"솔직하게 대답할 수 있을지 없을지는 질문 내용에 따라 다르겠지."

"좋아. ─그럼 첫 번째 질문. 좋아하는 디저트는 뭔가요?"

"음— 구운 푸딩?"

"아, 그거 맛있지. 그럼 다음. 좋아하는 과일은 뭔가요?"

"복숭아?"

"바나나가 아니라?"

"바나나가 아니라."

"굵고 단단한 바나나는 싫어해?"

"죄송합니다만 그런 음담패설은 관두시죠?"

"쳇, 그럼 다음 질문."

거기서 마오는 일순간 공백을 두었다.

케이키에게 향해진 건 무언가를 탐색하려는 듯한, 시험하는 듯한 시선.

"키류가 지금— 신경 쓰이는 여자아이는 누구인가요?"

"응? 뭐야, 그 질문은?"

"신경 쓰이는 여자아이 말이야. —부장님? 아니면 유이카?"

"아니, 아니, 아니, 왜 그 두 사람인데?"

"같은 서예부잖아. 부장님은 미인이고 유이카도 귀엽지 않아? 유이카는 쿼터에다 부장님도 키류 취향의 글래머고."

"난 가슴 크기로 여자를 판단하지 않아."

"하지만 글래머는 엄청 좋아하지?"

"엄청 좋아하긴 하지만!"

"역시 글래머를 좋아하는구나…….."

마오의 시선이 차가워졌다.

"쿨럭. ……농담은 됐고 지금의 난 난죠의 남자친구니까 너밖에 안 봐."

"응? 뭐야, 그거 기분 나빠."

"너무하네!! 부끄러운 걸 참고 남자친구처럼 말해본 건데!"

"으윽……키류가 그렇게 부끄러운 소릴 하니까 나까지 부끄러워지잖아."

끙끙거리며 머리를 감싸 쥔 마오가 테이블에 푹 엎드렸다.

약간 빨개진 옆얼굴이 아주 싫지 않은 것처럼 보인 건 실제로 싫지 않았기 때문이었지만 둔감한 누구씨는 그녀의 마음을 정확하게 알아차리지 못했다.

하지만 마오는 자신을 위해 진심으로 협력해주는 케이키의 마음이 기뻤다.

테이블에 엎드린 채 마오는 힐끔 케이키의 모습을 훔쳐보았다.

"……키류는 어떤 사랑을 하고 싶어?"

"응? 으음……난 역시 평범한 사랑이 좋아. 소녀만화처럼 불타오르는 듯한 전개는 필요 없어. 흔히 있는 거면 되고 특별하지 않아도 되니까 좋아하게 된 여자아이와 멋진 사랑을 할 수 있다면 좋을 것 같아."

"그건……오늘 데이트처럼?"

"그래. 이런 느낌이라면 나쁘지 않을지도."

"……그래……그렇구나……."

음미하듯 중얼거린 마오는 몸을 일으켰다.

"그건 그렇고 우리 꽤 연인처럼 있을 수 있게 된 것 같지 않아?"

"착각하지 마. 오늘은 어디까지나 연인인 척하고 있는 것 뿐이니까."

"알고 있어."

"……뭐, 하지만 확실히 취재 자체는 느낌이 좋은 것 같아."

친한 친구사이라 당연할지도 모르지만 지금으로서는 순조롭게 소재 수집이 되고 있는 것 같았다.

"……또 하나의 목적은 아직 못 이룬 것 같지만."

"또 하나의 목적?"

"……아무것도 아니야."

아무렇게나 대답하고 마오는 작게 한숨을 내쉬었다.

본심을 먼저 말하자면, 취재를 핑계로 운이 좋으면 정말 자신을 돌아보게 만들려는 흑심이 마오에게 전혀 없지는 않았다.

최근 케이키는 사유키나 유이카와 급속도로 거리를 줄여가는 것처럼 보였고 원고 마감에 쫓겨서 좀처럼 그들을 방해하지 못한 마오는 실제로 꽤 초조해졌다.

오늘 취재 데이트도 마오 나름대로 꽤 용기를 쥐어짜낸

것이었다.

데이트 시간을 만들기 위해 어제까지 급격한 속도로 마감이 얼마 남지 않은 원고를 그려댔다. 그렇게까지 했으니까 만화를 위한 취재는 물론 케이키와의 거리를 조금이라도 줄이는 게 오늘 마오의 목표였다.

그래서 팔짱을 끼거나 가슴을 바짝 대보기도 했지만 어디까지나 취재라고 생각하고 있는 케이키는 그런 행위가 진짜 호의에서 나온다는 걸 눈치 채지 못했다.

"……정말 어째서 이 녀석은 이렇게나 둔감한 걸까."

적극적으로 다가가도 반응이 미적지근한 케이키 때문에 점점 초조해졌다.

그때 사랑에 빠진 소녀는 소중히 간직해 두었던 카드를 꺼내기로 했다.

"저기, 키류? 밥 먹은 다음에 말이야."

"응?"

"소재를 모으기 위해 레벨 업이 좀 더 필요할 것 같아."

"레벨 업?"

"응. 모처럼의 데이트니까—."

둔감한 '남자친구'에게 향해진 건 도발하는 듯한 시선.

진지하게 사냥감을 놓치지 않으려는 맹금류 같은 얼굴을 하고 시험하는 듯한 말투로 의중에 두고 있는 상대에게 말을 건넸다.

"좀 더 연인다운 걸—해볼까?"

데이트 후반전, 점심을 먹은 두 사람이 찾아간 곳은 백화점이었다.

냉방이 잘 되는 백화점 내부를 마오가 이끄는 대로 돌아다니다 도착한 곳은 남자에겐 너무나도 어울리지 않는 곳이었다—.

"……저기, 난죠?"

"왜?"

"뭐야? 여긴."

"수영복 매장이잖아."

그렇다, 두 사람이 있는 곳은 여성용 수영복 매장이었다.

당연히 손님은 여성들뿐이었고 케이키의 존재는 완전히 겉돌고 있었다.

"왜 수영복 매장인데?"

"물론 수영복을 사려고 온 거지."

아무렇지도 않게 대답한 빨간 머리의 동급생은 장난스러운 미소를 보였다.

"키류는 지금부터 나에게 어울리는 새 수영복을 골라줘."

"아니, 역시 그건 레벨이 너무 높은 것 같은데……."

"문답무용. 오늘은 수영복을 골라줄 때까지 집에 돌려보내지 않을 거야."

"그건 무슨 벌칙이야……?"

"남녀가 수영복을 고르다니, 정말 연인스럽지 않아?"

"그건 그럴지도 모르지만……."

애매한 상태의 케이키를 향해 마오는 웃는 얼굴로 스마트폰을 꺼내 보여주었다.

"이 안에 나의 동인지 화상 데이터가 들어 있는데."

"뭐……?"

"키류가 계속 떼를 쓰면 무심코 미즈하에게 보내버릴지도 몰라—."

"기꺼이 마오 님의 수영복을 골라보도록 하겠습니다!!"

그렇게 위장 커플에 의한 기쁘면서도 부끄러운 수영복 고르기가 시작되었다.

마오는 수영복의 바다를 헤엄치 듯 매장 안을 휙휙 돌아다니며 몇 가지 수영복을 갖고 탈의실로 향했다.

아무래도 다양한 수영복을 순서대로 보여주는 흐름인 것 같았다.

그 이후에는 귀여운 걸프렌드의 독무대.

"이건 어때?"

"우와……역시 그건 너무 공격적이지 않을까?"

"그래? 이 정도는 평범하지 않아?"

자극적인 수영복만 입어보며 케이키를 곤란하게 만들고

"이건 어때?"

"단도직입적으로 묻겠는데……부끄럽지 않아?"

"시, 시끄러워! 이렇게 천 면적이 적을 줄은 몰랐어."

예상 이상으로 적은 천에 자폭하기도 했다.

"그럼……이건?"

"아…….."

그렇게 몇 번의 피로연을 펼친 후.

탈의실 커튼이 열리고 모습을 드러낸 마오의 모습에 케이키는 숨을 멈췄다.

"키류? 저기……어때?"

"아, 으응……엄청 잘 어울려. 귀여워."

"아, 응……고마워."

실제로 그 수영복은 굉장히 잘 어울렸다.

오렌지 빛깔이 산뜻하고 스타일 좋은 마오의 매력을 잘 드러내고 있었다.

여자의 수영복 차림은 남자에겐 보석보다 가치가 있었다.

속옷과 같은 노출도를 갖고 있지만 수영복은 당당하게 봐도 상관없는 멋진 마법의 아이템.

눈부신 다리와 귀여운 배꼽, 아름다운 허리 라인과 여자의 신비를 합법적으로 즐길 수 있으니 모두가 여름을 손꼽아 기다리는 거 아닐까?

"그럼 이걸로 할까?"

"그래, 괜찮은 것 같아."

사이좋게 수영복을 선택한 두 사람의 모습은 어디서 어떻게 봐도 앳된 커플 같았다.

 옷을 갈아입기 위해 다시 커튼이 쳐졌고 의미도 없이 케이키는 뒤로 돌았다.

 그런데 난데없이 익숙한 소리가 귀에 들려왔다.

 "—설마 이런 곳에서 코가와 딱 마주칠 줄은 몰랐어."

 "—그건 내가 할 말이에요."

 투닥투닥 말다툼을 하면서 수영복 매장에 나타난 건 짧은 바지 차림의 흑발 소녀와 미니스커트 차림의 금발소녀.

 도M의 변태 토키하라 사유키와 도S의 소악마 코가 유이카였다.

 "사유키 선배랑 유이카?!"

 "—응? 거짓말!!"

 케이키의 목소리에 탈의실 속 마오가 반응했다.

 "이런!! 이쪽으로 오잖아?!"

 "키류, 여기로!"

 커튼이 열리고 팔을 붙잡힌 케이키는 탈의실 안으로 끌려 들어갔다.

 "아……."

 그때 눈에 들어온 건 동급생 여자아이의 평소에는 볼 수 없는 자극적인 모습.

 마오는 수영복을 벗으려던 참이었는지 등의 호크를 푼 비키니를 간신히 손으로 꼭 누르고 있었다.

"잠깐, 이쪽 보지 마."

"미, 미안!"

정신을 차리고 당황해서 뒤로 돌았다.

"……그런데 우리가 왜 숨은 거지?"

"이런 곳에서 키류와 둘이 있는 걸 들키면 오해를 받을 테니까. 단정할 수 있는데 분명 귀찮은 일이 생길 거야."

"지당하신 말씀입니다……."

마오의 말에 동의한 케이키는 숨을 참으면서 바깥 상태를 엿봤다.

"코가도 수영복 사러 왔어?"

"네. 작년 거는 사이즈가 작아져서요."

"어머, 그런 건 착각 아니야? 그렇게 왜소한 상태니까 좀 커졌다고 해도 아주 약간일 텐데. 예전 수영복도 그렇게 갑갑하진 않았지?"

"하하. 마녀 선배는 대중의 면전에서 수영복이 벗겨지는 저주에 걸리면 좋을 텐데."

언제나처럼 파직 파직 불꽃을 튀기는 두 사람.

거유와 빈유는 수영복 매장에서도 역시 서로를 용납지 않았다.

사유키와 유이카 두 사람도 수영복을 사러 온 듯 보였는데 같이 온 게 아니라 우연히 만난 것 같았다.

견원지간인 두 사람은 서로에게 독을 토해내면서 매장의 수영복을 물색했다.

"큰일이네…… 이래서야 나가려고 해도 나갈 수 없겠어……."

"하아……저 두 사람, 시간이 얼마나 걸릴까?"

비키니를 벗고 있던 마오는 그걸 손으로 누른 채 케이키 앞쪽으로 몸을 넣어 가만히 커튼 빈틈으로 바깥 상황을 엿보고 있었다.

그때, 마오의 새하얀 어깨가 시야에 들어와 케이키는 당황해서 시선을 돌려버렸다.

그녀의 몸을 보지 않도록 주의하면서 사유키와 유이카의 대화에 귀를 기울였다.

"난 새로운 수영복으로 케이키를 뇌쇄시킬 예정이야. 나의 매력을 깨달은 케이키를 인적 없는 장소로 데리고 가서 수영복을 벗은 채 여러 가지 일을 당하는 것까지 계획하고 있어."

"그렇게는 안 될 거예요. 케이키 선배는 유이카의 수영복 입은 모습에 맥을 못 추게 될 테니까. 온순하고 말 잘 듣는 착한 아이가 된 케이키 선배 위에 올라타고 여름의 모래사장을 만끽할 거라고요."

"……인기가 많네, 어딘가의 키류는."

"응. 하지만 그렇게 기쁘지 않은 건 왜일까?"

"말은 그렇게 해도 내심 기쁜 거 아니야—? 응? ……어, 어라?"

그때 마오는 자신의 몸에 위화감을 느꼈다.

구체적으로 말하면 무언가가 엉덩이에 닿은 것 같았다.

마오의 엉덩이를 꾹 누르고 있는 그건 굵고 단단한 케이키의 무언가—.

"아……잠깐만……이거 설마……그, 그……?!"

굵고 단단한 막대기 모양의 무언가— 평소 BL 만화만 그려온 부녀자가 상상한 건 물론 남자의 상징인 그 부분이었다.

"자, 잠깐만, 키류?! 이상한 걸로 꽉 누르지 마!!"

"이상한 거?"

"시치미 떼지 마! ……앗?! 아, 안 돼! 그 이상은…… 그렇게 꾹꾹 누르면……!!"

단단하게 팽창한 그것이 엉덩이의 갈라진 틈을 꾹꾹 누르자 마오는 비명을 지르듯 헐떡거렸다.

"—아, 미안. 펭귄 중사의 생선이 몸에 닿았네."

"뭐……? 응? 펭……귄?"

아무래도 케이키가 갖고 있던 짐의 일부가 그녀의 몸에 닿은 것 같았다.

엉덩이를 누르고 있던 건 종이봉투에서 불거져 나온 인형의 생선 부분.

생선만 플라스틱제라서 단단한 감촉이 느껴졌던 거였다.

단단한 데다 굉장히 두꺼운 생선을 남성기라고 착각하고 만 것이다.

"뭐, 뭐야……그런 거였어……?"

엉덩이에 닿은 게 케이키의 그게 아니라는 걸 알고 마오는 안도의 한숨을 내쉬었다.

그때 완전히 방심한 그녀는 잡고 있던 수영복에서 손을 놓고 말았다.

호크를 풀고 벗다 만 수영복은 중력의 힘에 의해 사르르 바닥으로 떨어졌다.

동급생 남자가 지켜보는 가운데 그녀의 생기 있는 유방이 완전히 노출되었다.

"오오……"

좁은 밀실에서, 시야에 들어온 여자의 흉부에 케이키의 시선이 고정됐다.

그 예상 밖의 사고에 마오의 얼굴이 불쌍할 정도로 새빨개졌다.

"—윽, 꺄아아아아아아아아아?!"

비명과 동시에 강렬한 따귀가 작렬했고 케이키의 몸은 탈의실 밖으로 날아가 버렸다.

"으윽……."

세게 두들겨 맞은 뺨에 손을 대고 몸을 일으키는데 흑

발과 금발의 소녀가 나란히 서서 케이키를 내려다보고 있었다.

"케이키? 이게 무슨 일이야?"

"케이키 선배? 설명해주시겠어요?"

차가운 목소리로 말하며 얼음 같은 시선을 보내는 여자 두 명.

그리고 탈의실에는 양손으로 가슴을 가린 채 눈물을 글썽이고 있는 마오의 모습이.

양심의 가책을 느낄 만한 일은 아무것도 하지 않았는데 상황증거가 그를 유죄라고 주장하고 있었다.

"그래도 내가 하지 않았어."

깜짝 놀랄 정도로 불리한 상황 속에서 자신도 모르게 내뱉은 변호는 단박에 무시되었고 케이키는 두 여자의 심문을 받게 되었다.

수영복 매장에선 민폐였기 때문에 근처 커피숍으로 자리를 옮겨 다양한 오해를 푸는 데에 꽤 오랜 시간을 소요했고 오늘 취재 데이트는 이걸로 종료하는 단계에 이르렀다.

물론 커피숍에서 나온 음식비는 전액 케이키가 지불했다.

지하철을 타고 자신들의 마을로 돌아온 후 케이키는 마오를 바래다주기로 했다.

수영복을 다시 고르려는 사유키와 유이카와는 커피숍에서 헤어졌다.

서로 으르렁거리면서도 같이 백화점으로 향하는 모습은 사이가 좋은 자매처럼 보였지만 빈유와 가슴 귀신이라고 서로 비난하는 걸 보면 역시 사이가 나쁜 것 같기도 했다.

석양을 등지고 옆에서 걷고 있던 마오가 힐끔 곁눈으로 케이키를 보았다.

"볼이 아직 좀 빨간데."

"꽤 강한 위력이었으니까."

"힘 조절을 못했네, 미안해."

"아니, 뭐, 나도 잘못했으니까……."

여자의 엉덩이에 막대기 모양의 물체를 눌러대고 가슴 부분을 망막에 새겨버렸으니.

따귀 한 방으로 끝난 건 행운이겠지.

"뭐, 여러 가지 소재가 모여서 다행이야. 이거라면 좋은 콘티를 그릴 수 있을 것 같아. ……마지막엔 소녀만화라기보다 소년지의 섹시 러브 코미디 같은 일이 생겼지만."

"정말 미안해……설마 엉덩이에 생선이 닿았을 줄은 몰랐어."

"키류 변태……음란 마귀."

"이번 일에 대해서는 정말 미안하게 생각해……."

"처음엔 엄청 화가 났지만……그건 이제 됐어. 귀중한 휴일을 같이 보내줬으니까."

"관대한 처분, 고맙다."

엉덩이에 막대기 모양의 물체를 눌러대고 가슴 부분도 보고 말았지만 이러니저러니 해도 마오는 용서해주었다.

참고로 사건의 원인이 된 펭귄 중사는 종이봉투에 들어간 채 남자친구 겸 짐꾼인 케이키의 손에 들려 있었다.

"부장님과 유이카, 화났으려나?"

"뭐, 그 두 사람은 날 주인님과 노예로 삼고 싶어 하니까. 일단 취재를 위한 데이트라는 걸로 납득해줬지만."

"두 명의 여자애가 널 원하다니, 정말 기쁘지 않아?"

"그럼 묻겠는데, 난죠는 남자에게 주인이 되어달라든가, 노예가 되라는 말을 들으면 기쁠 것 같아?"

"아— 전혀 기쁘지 않을 것 같아."

"그래, 그런 거야."

"키류도 고생하네."

"그렇게 생각한다면 날 BL책 모델로 하는 건 관뒀으면 좋겠는데."

"그건 무리야."

아무렇지도 않게 요구는 그 자리에서 무시당했다.

앞으로도 케이키는 엉덩이를 계속 뚫리는 운명이겠지.

"—우리 집은 여기야."

5층 건물 맨션 앞에서 마오가 뒤를 돌아보았다.

"바래다줘서 고마워."

"오늘 난 난죠의 남자친구니까. 여자 친구를 바래다주는 것도 남자친구의 역할이지."

"하지만 재미있었어. ……정말 즐거웠어."

뭔가 쓸쓸한 듯 그렇게 말하며 마오는 빤히 케이키를 바라보았다.

여름 바람에 밤색 머리칼이 흩날렸고 살짝 뺨을 붉힌 소녀가 입을 열었다.

"……저기, 키류? 우리 이대로 진짜 사귈래?"

"뭐? 그건 또 취재 데이트를 하자는 뜻이야?"

"아니야. 나랑 진짜 연인사이가 되자고 말하는 거야."

"…………뭐어?!"

"반응이 너무 늦는 거 아니야?"

"아니, 그치만 연인이라는 건 좋아하는 사람끼리 되는 거니까……."

"내가 키류를 정말 좋아한다면— 어쩔래?"

"난죠가 나를? 어, 어째서 그렇게 되는 건데?"

"1학년 때 날 도와줬잖아? 제비뽑기에서 꽝을 뽑아서 도서위원이 될 뻔한 날 대신해주고. 그때, 나 좀 두근거렸어."

확실히 케이키는 1년 전 곤란해 하던 마오를 도와주었다. 그때 그녀는 정말 약하게 보였고 울 것 같은 얼굴을 보고 그냥 내버려둘 순 없었다.

"아니, 하지만 겨우 그런 이유로?"

"사랑은 그런 거잖아? 계기 따위 분명 사소할 거야."

"······."

"키류는 어땠어? 오늘 데이트, 즐겁지 않았어?"

"그건······."

"키류는—내가 여자 친구라면 싫을 것 같아?"

"나, 나는—."

꿈까지 꿨던 여자의 사랑의 고백.

태어나서 처음 해보는 경험에 머리가 끓어올랐다.

눈앞에 서 있는 건 월등히 귀여운 여자아이.

세련된 옷에 세팅된 머리, 그리고 살짝 바른 화장까지. 그 모든 것이 케이키가 마오를 다시 보게 하려고 준비한 것이라면—.

그렇게 생각하면 머리가 불타는 것처럼 뜨거워졌다.

심장이 아플 정도로 뛰었고 오늘 데이트에서 생겼던 일이나 부실에 남겨져 있던 러브레터 등 다양한 일들이 머릿속에 떠올라서 뒤죽박죽이 되었다.

그런 케이키의 코끝을 마오의 집게손가락이 꾹 눌렀다.

그녀는 진지한 표정을 바로 풀어버리고 장난스러운 미소를 지었다.

"——농담이야. 농담."

익살맞은 목소리와 어린아이 같은 천진난만한 웃음.

풋풋한 고백을 하던 조신한 그녀는 어디에도 없었다.

거기 있는 건 남자의 순정을 갖고 노는 짓궂은 여자 친구

뿐이었다.

"만화 취재의 연속으로 고백 장면을 따라 해봤는데 어때? 지금 느낌을 만화로 쓸 수 있을 것 같지 않아?"

"아, 그래, 그런 거였어? 취재라! 괜찮지 않을까? 응, 좋을 것 같아."

"다행이다. 소녀 만화니까. 역시 고백 장면은 필수겠지."

"그렇지. 고백 장면이 없는 소녀만화는 팥 없는 찐빵 같은 거니까."

"그런데 키류?"

"왜?"

"혹시…… 두근거렸어?"

"아, 아니거든?!"

"아— 두근거렸구나? 그 표정은 설렌 것 같은 얼굴인데? 아하하, 키류는 정말 바보라니까."

"그래, 그래, 어차피 난 바보니까."

패배자처럼 계속 투덜거리면서도 케이키는 내심 안심했다.

그리고 동시에 약간 아쉽다고 생각한 건 물론 비밀이었다.

"그럼 난 이만 가볼게."

인형이 들어있는 종이봉투를 마오에게 건네고 발길을 돌렸다.

"—아, 잠깐만, 키류."

"응?"

그녀의 부름에 돌아본 케이키의 뺨에 부드러운 무언가가 닿았다.

샴푸향인가? 살며시 달콤한 향기가 났다.

그에게서 떨어진 마오는 부끄러운 듯한 얼굴을 하고 있었다—.

뺨에 키스했다는 걸 깨달았을 때 그녀는 이미 등을 돌리고 있었다.

"나, 난죠?!"

"오늘은 고마웠어. 그럼 잘 가."

당황한 케이키를 향해 어깨 너머로 미소를 보이며 그녀는 맨션으로 뛰어 들어갔다.

마오의 오늘 목표는 달성했다고 해도 좋겠지.

거리를 좁혔는지 어쨌는지는 둘째 치고라도 둔감하기 짝이 없는 주인공의 얼굴이 새빨개질 정도로 두근거리게 만드는 데에 성공했으니까.

그날 밤, 마오는 자기 방 책상 앞에 앉아 있었다.

준비한 건 노트와 연필, 그리고 데이트 내용을 정리한 수첩.

부녀자 모드일 때만 사용하는 안경을 장착하고 준비만반.

"소재는 충분할 정도로 수집됐고 얼른 콘티를 만들어볼까?"

BL 이외의 만화를 그리는 건 첫 시도였다.

비록 익숙하진 않다고 해도 타협은 용납되지 않았다.

동인지와는 달리 잡지에 게재하게 되면 상응하는 퀄리티를 요구받을 것이고 재미없는 신인의 만화를 실을 정도로 프로의 세계는 만만하지 않았다.

만화의 설계도가 될 콘티를 만드는 데에도 기합이 들어갈 수밖에 없었다.

"그럼― 우선 여주인공이 남자 주인공에게 데이트를 신청하는 것부터……."

이번 취재를 떠올리면서 스토리를 구축해갔다.

역에서 만난 후 옷에 대한 칭찬을 받고 손을 잡고 팔짱을 끼고 인형을 선물 받고―.

자신이 체험한 것, 케이키와 보내면서 느낀 마음을 그림에 담았다.

"……이거, 굉장히 부끄럽네."

BL 책은 케이키와 쇼마를 모델로 했지만 이 여주인공은 완전히 자신의 분신이었다.

자신의 감정을 손가락으로 덧그리는 것 같은 감각이 부끄러움을 가속시켰다.

"우와……안 되겠어, 좀 쉬자."

1시간 정도 노력했지만 수치심에 결국 견디지 못하고 연필을 내던졌다.

문득 책상 끝으로 시선을 던지자 거기에는 펭귄 인형이 자리하고 있었다.

뚱뚱한 배라던가 진한 눈썹 등, 귀여운 요소가 하나도 없는데도 어딘가 미워할 수 없는 사랑스러움이 있었다.

케이키가 마오를 위해 선물해준 인형의 이마를 손가락으로 튕겼다.

"이 녀석. 널 볼 때마다 키류가 떠오르잖아."

억지스러운 트집을 늘어놓았지만 마오의 표정은 온화했다.

"……그건 그렇고 난 언제가 되면 용기를 낼 수 있을까?"

기세 좋게 고백한 주제에 마지막 순간에 얼버무리고 만 건 대답을 듣는 게 무서웠기 때문. 겁이 많은 자신에게 정말이지 싫증이 났다.

하지만 그 고백을 케이키가 진지하게 고민해준 건 기뻤다.

"……키류는 평범한 사랑을 하고 싶다고 했지……?"

평범한 여자와 특별하지 않아도 되니까 멋진 사랑을 하는 게 꿈인 것 같았다.

"……만약 이 만화가 완성돼서 내가 부녀자가 아닌 사람이 되면 그 녀석은 날 좋아해줄까?"

입 밖으로 나오는 말에 본인이 부끄러워진다.

심장박동이 빨라지고 뺨이 붉어졌다.

"……나도 참, 왜 이런 창피한 말을 하는 거야? —자, 다음, 다음!"

사랑이라는 건 정말 성가셨다.

머릿속을 엉망진창으로 만들고 마음을 제멋대로 휘저었다.

하지만 그 이후에는 집중해서 콘티에 몰두할 수 있었다.

아직 설계도 단계지만 완성형에 꽤 가까울 정도로 신중하게 그림을 그려냈다.

—하지만 그 콘티에는 결정적인 미스가 있었다.

"……아, 어느 샌가 여주인공이 미소년이 되어버렸네……."

너무 집중한 나머지 여주인공이 남자가 되어 있었다.

남자가 남자에게 고백하다니, 이건 완벽한 BL 만화였다.

아무리 고치려고 해도 본질은 뼛속까지 BL 작가.

그렇게 쉽게 보이즈 러브의 세계에서 빠져나올 수 없을 듯했다.

미나미 마오 선생님인 난죠 마오의 소녀 만화 만들기는 전도다난할 것 같았다.

아침, 케이키가 눈을 떴을 때 눈앞에 귀여운 여자아이의 자는 얼굴이 있었다.

긴 속눈썹에 윤이 나는 입술, 같은 인간이라고는 생각할 수 없는 이성의 아름다움에 넋을 잃고 숨을 삼켰다.

귀여운 여자아이의 정체는 여동생이었다.

여동생인 미즈하가 오빠를 베개처럼 끌어안고 잠들어 있었다.

"왜 미즈하가 내 방에……."

"……으, 으응……오빠……."

미즈하는 슬며시 몸을 비비 꼬며 어리광부리듯 케이키의 품에 얼굴을 묻었다.

"으응……오빠……더워……."

"응. 더워. 이 계절에 이렇게 밀착해 있으면 당연히 덥지."

아직 아침인데 7월 하순의 태양은 아주 쨍쨍해서 실내 온도는 미적지근함을 유지하며 상승 조짐을 보이고 있었다. 앞으로 2,3시간만 지나면 에어컨 없인 살 수 없을 정도로 가혹한 온도에 도달하겠지.

여름용 얇은 파자마 너머로 여자아이의 부드러움이 직접적으로 전해져왔다.

상대가 여동생이 아니었다면 이대로 기정사실을 만들어

버릴 수밖에 없는 상황이었다.

욕망을 억누르지 못하고 일단 미즈하의 볼을 손가락으로 눌러봤다.

탱글탱글하고 매끄러운 뺨을 갖고 놀자 그녀가 살짝 눈을 떴다.

"……으응? 어라……? 오빠가 있네."

"아, 좋은 아침, 미즈하."

"왜 오빠가 내 침대에……설마, 덮치러 온 거야?"

"아니거든. 여긴 내 방이고 침대로 들어온 건 너야."

"아, 정말이네. 드디어 오빠의 시스터 콤플렉스가 불을 내뿜은 줄 알았는데."

"시스터 콤플렉스가 불을 내뿜는 건 어떤 상황인데?"

미즈하는 가끔 잘 모르는 표현을 사용했다.

느릿느릿 몸을 일으킨 미즈하는 아직 졸린 눈가를 슥슥 손으로 문질렀다.

"잠에 취했나 봐. 화장실 가려고 일어난 것까진 기억이 나는데……."

야간에 화장실을 가려고 일어났다가 잠에 취해 오빠의 침대로 들어오는 일이 가끔 있었다.

그런 미즈하는 베개 옆에 있는 시계로 현재 시각을 확인하고 살짝 어두운 표정을 지었다.

"벌써 8시가 넘었네. 미안. 늦잠 잤나 봐."

"여름방학이니까 그 정도는 괜찮아."

"안 돼. 방학이니까 규칙적인 생활에 유의해야지."

"미즈하는 정말 좋은 부인이 될 거야."

"어라? 혹시 방금 오빠가 나에게 청혼한 거야?"

"그런 거 아니거든. 애초에 남매는 결혼할 수 없단다."

규칙적이지 못한 생활은 적이라고 공언한 미즈하의 지도에 따라 케이키의 생활 사이클은 장기휴가 중이라고는 생각할 수 없을 만큼 극히 건전한 상태를 유지했다.

"일단 옷을 갈아입어야겠다. ―아침 금방 준비할게."

부드러운 미소로 미즈하는 방을 나섰다.

"미즈하는 정말 귀여워……."

귀엽고 요리도 잘하고 배려심도 많았다.

결점을 찾을 수 없는 높은 스펙의 여자아이.

"그건 그렇고 올해 여름도 평소와 다름이 없구나……."

여동생과 게임을 하거나 빌려온 DVD를 보고 그럭저럭 방학을 만끽하고 있지만 딱히 여름에만 느낄 수 있는 즐거움은 누리지 못했다.

"아―아, 이 세상의 리얼충들은 여름을 구가하고 있겠지……."

남녀 둘이서 데이트를 하거나 수영장이나 바다에 가서 수영복 차림으로 꺄아 꺄아 우후후 하면서 불장난하고 있을 게 틀림없었다.

(뭐지? 이 어두운 감정……일단 이 세상의 리얼충에게 저주를 내려주겠어.)

충실하게 현실을 즐기고 있을 모든 인간들에게 비교적 진심이 담긴 저주를 보내면서 케이키는 활동 준비를 시작하려 침대에서 내려왔다.

아침 식사를 끝낸 키류 남매는 거실 소파에 앉아 TV를 감상하고 있었다.

TV에서 흐르고 있는 건 아침 뉴스 방송. 최근 많아진 정치가 스캔들에 이어 여자 아나운서가 보내주는 '오늘의 별자리 코너'가 시작되었다.

"오늘의 별자리, 꽤 잘 맞는다고 평판이 좋던데."

"미즈하는 별자리를 좋아하지?"

"여자애들은 유전적으로 별자리를 좋아하는 생물이니까. 결과가 나빴을 땐 믿지 않으려고 하지만."

"그렇다면 매일이 해피 라이프겠네."

회색빛 운세를 강제적으로 장밋빛으로 바꾸려는 소녀의 마법.

"미즈하는 물고기자리였지? 생일이 3월 3일이라니 기억하기 쉽네."

"오빠의 생일인 10월 11일도 기억하기 쉽잖아. ……아, 물고기자리는 6위네."

"보통이구나."

"보통이 제일이야. 평범한 게 가장 행복한 법이니까."

"격렬히 동의해. 서예부 부원들이 본받았으면 하는 명언이야."

보통도 아니고 평범하지도 않은 서예부 여자 부원들. 그녀들의 변태적인 본성에 휘둘리는 케이키는 평범한 일상이 얼마나 귀중한 것인지 알고 있다.

별자리 코너는 계속해서 이어졌다.

"천칭자리인 당신은 4위입니다!"

"오빠, 4위래."

"그럭저럭 상위네."

10월 11일 출생, 천칭자리인 케이키의 운세는 그럭저럭 양호한 듯했다.

"오늘은 충실한 하루가 되겠군요. 다른 사람에게 친절하게 대하면 의외의 발견이 있을지도?"

"의외의 발견이라……."

"럭키 아이템은 '이성에게 받은 문자'입니다!"

"그게 아이템이야?"

그때, 마치 짠 것 같은 타이밍으로 케이키의 스마트폰에서 짧은 착신음이 울렸다.

"호랑이도 제 말하면 온다더니."

"럭키 아이템이 등장한 건가?"

"글쎄? 음……제목은 '널 만나고 싶어, 지금 당장'?"

"엄청 수상한데? 시험 삼아 만나볼래?"

"여기에 답장을 보내면 소액결제가 되겠지……."

어디서 연락처가 유출된 걸까, 요즘은 사기 문자가 많아서 주의해야 했다. 수상한 문자는 열지 않고 삭제하는 게 안정적이었다.

"……뭐야? 이 문자를 보낸 사람은 사유키 선배잖아. 하마터면 삭제할 뻔했네."

본문을 열어보자 '지금 당장 부실로 와줘'라는 짧은 지시가.

"집은 내가 보고 있을게. 난 여기서 영화 볼 거야."

"아, 여름방학이라고 많이 빌렸으니까."

갑작스럽게 알려드리는 새로운 정보, 미즈하의 취미는 영화감상입니다.

여름방학이라고 해도 등교할 때는 교복을 착용해야 했다.

거실을 뒤로 하고 자기 방에서 교복으로 갈아입은 케이키는 다시 1층으로 내려왔다.

"그럼 다녀올게."

"아, 잠깐만, 오빠."

현관에서 신발을 신고 집을 나서려는데 미즈하가 케이키를 불러 세웠다.

"손수건, 없잖아? 그리고 셔츠 소매가 삐져나왔어."

슬리퍼를 신고 터덜터덜 다가온 미즈하는 세탁된 손수건
을 건네며 교복 소매를 정리해줬다.

"—응, 이거면 됐어."

"왠지 이렇게 있으니까 신혼부부 같네."

"이상한 말 하지 말고 얼른 학교나 가. 선배가 기다리잖아."

"그래. —손수건, 고마워. 다녀올게."

"그래, 잘 다녀와."

부드러운 목소리와 나뭇잎 사이로 비치는 햇빛 같은 미소.

틀림없이 누구보다 귀여운 부인이 될 여동생의 배웅을 받
으며 케이키는 집을 나섰다.

그리고—.

"……더워."

출발한 지 5분 만에 집을 나선 걸 후회했다.

여름방학 중 학교는 평소와는 다른 분위기가 감돌았다.

운동부나 일부 문화부는 평소처럼 활동하고 있었기 때문
에 인적이 나름대로 있었지만 역시 평일에 비하면 조용하고
쓸쓸했다.

멀리서 운동부의 구호가 들려왔지만 누구와도 스치지 않
았다.

그런 학교를 터벅터벅 걸어가다 후지모토 아야노와 우연
히 만났다.

"아, 키류. 오랜만이야."

앞머리로 한쪽 눈을 가린 여학생으로 이 학교의 학생회 부회장이기도 한 동급생이 반갑다는 듯 다가왔다.

"후지모토. 혹시 오늘도 학생회 때문에?"

"응. 전반기 사무처리 업무가 남아서."

"학생회도 힘들구나."

"응. 그러니까 노력한 만큼 보상이 필요해."

그렇게 말하기가 무섭게 아야노는 연인에게 어리광을 부리듯 케이키를 끌어안았다.

너무나 자연스러운 동작에 회피하지 못한 케이키는 그냥 당할 수밖에 없었다.

"음- 땀 냄새 때문에 못 참겠어. ......하아, 하아."

"이건 완벽한 성희롱이야. 합당한 기관에다 호소하고 싶은데."

"그래도 아야노 씨는 떨어지고 싶지 않아요."

"결의가 견고한데? 아니, 이런 모습을 누가 보면 곤란하잖아."

"괜찮아. 여름의 열기에 들뜬 남녀가 달콤한 시간을 보내고 있는 것처럼 보이니까."

"그럼 완전히 바보 커플 취급할 것 같은데⋯⋯."

실제로 이 상황을 제삼자가 본다고 해도 케이키가 성희롱 당하고 있다고 생각할 사람은 없겠지.

아야노가 말한 대로 커플이 다정한 시간을 보내고 있다고 착각할 뿐이겠지.

"차라리 정말 사귀는 것도……괜찮지 않을까?"

"뭐?"

깜짝 놀라 아야노에게로 시선을 돌리자 한쪽 눈이 빤히 케이키를 바라보고 있었다.

더위 탓인지 아니면 다른 요인 때문인지, 그녀의 뺨은 살짝 붉어져 있었다.

귀여운 여자아이의 불의의 습격 같은 고백에 쿵쾅쿵쾅 심장박동이 빨라져갔다.

"그럼 키류가 입던 팬티 냄새도 마음껏 맡을 수 있잖아."

"거절할게."

따로 유례를 찾아볼 수 없는 최악의 고백이었다.

팬티 냄새를 맡고 싶다니, 진짜 별로야.

"연인 사이라고 해서 팬티 냄새를 맡지는 않거든."

"그래? 아야노는 맡는다고 해도 신경 안 쓰는데. 오히려 흥분될 거고."

"그건 후지모토가 이상한 것뿐이야."

귀여운 얼굴을 하고 여전히 터무니없는 변태였다.

아야노와 사귀게 될 남자는 사각팬티의 냄새를 맡게 할 운명이겠구나.

"……응, 충전 완료."

드디어 만족한 것인지 아야노는 개운해진 모습으로 몸을 뗐다.

"평소보다 냄새가 진해서 좋았어. 더운 여름에게 고마워해야겠네."

"그 코멘트에 대해 난 어떤 반응을 보여야 해?"

냄새 페티시스트인 아야노에게 여름은 최고의 계절. 불볕더위 속에서 도보로 학교를 방문한 케이키의 몸은 적당히 땀에 젖어 있었고 절호의 보급 스팟으로 변해 있었다.

"그래. 보답이라고 하긴 뭣하지만 괜찮으면 이거."

"이건?"

"이웃 마을 수영장 우대권. 이거 1장에 유효 인원수는 5명. 키류에게 줄게."

상점가 제비뽑기 경품인 건지 입장료가 반값이 되는 꽤 이득인 아이템이었다.

"후지모토는 안 가?"

"아야노는 남자가 많이 있으면 냄새가 너무 진해서 이성을 유지할 수 없거든."

"대체 어느 정도인 거야……."

확실히 이런 위험인물을 수영장에 투입하는 것보단 자신이 쓰는 편이 사회 평화로 이어질 것 같았다.

"그럼 감사히 받을게. 고마워."

"아니야. 앞으로도 멋진 냄새 공급 잘 부탁해."

"그건 약속 못 할 것 같은데."

"으응, 아쉽다. 역시 키류의 팬티를 가져갈 수밖에……."

"아무렇지도 않게 내 바지에 손대지 마!!"

냄새 페티시스트인 동급생은 오늘도 최상의 컨디션을 유지하며 적극적으로 남자의 바지를 벗기려 했고 그런 변태를 케이키는 전력을 다해 떼어냈다.

사각팬티 방어전에 승리하고 아야노와 헤어진 케이키는 서예부 부실로 향했다.

복도를 걸어가면서 아야노에게 받은 우대권을 바라보았다.

"수영장이라…… 서예부 부원들에게 말해볼까?"

티켓을 가방에 넣고 여름방학 일정을 생각하면서 부실동 2층으로 향했다.

1년 이상 오가며 완전히 익숙해진 서예부 문을 열었다.

"다, 다녀오셨어요! 주인님!"

케이키를 맞이한 건 금색 머리의 메이드였다.

흰색과 검은색을 바탕으로 가슴 근처를 강조한 듯한 디자인의 메이드복.

검은 고양이 귀와 꼬리라는 발칙한 아이템까지 완전 장비.

메이드복에 고양이 귀라는 반칙적인 조합으로 남자의 마음을 이렇게까지 간질이고 있었다.

"너, 너무 보지 마세요. 부끄러워요…….."

케이키의 뜨거운 시선을 받으며 수치심으로 얼굴이 새빨개진 유이카가 스커트를 꽉 붙잡고 주저주저하고 있었다.

어째서 여자아이가 치마를 붙들고 있는 행위에 이렇게까지 울컥하는 걸까?

이것만으로도 논문을 쓸 수 있을 정도의 잠재력을 지닌 테마라고 생각했다.

"저기……왜 고양이 귀를 한 메이드야?"

"그런 건 마녀 선배한테 물어보세요."

"역시 사유키 선배가 뒤에서 조종한 거였어……?"

돌아본 시선의 끝에는 의자에 앉아 녹차를 즐기고 있는 사유키의 모습이.

"한가해서 코가에게 메이드복을 입혀봤어."

"즉 늘 있는 즉흥적인 발상이군요."

"실제로 입혀보니 너무나 귀여워서 케이키에게도 보여주려고. 사진으로 보기엔 아까울 정도의 퀄리티니까 실물을 직접 즐겨줬으면 좋겠어."

"그런 이유로 이렇게 더운 날 불러낸 거예요? 감사합니다!"

"……케이키 선배, 왜 그렇게 흥분한 거예요?"

이상하게 흥분한 상급생을 메이드가 혐오스럽게 바라보

았다.

"유이카!"

"아, 네?!"

"사진 찍어도 될까?!"

"아니, 이미 찍고 있잖아요. 그리고 콧김이 너무 세서 무서운데요……."

스마트폰을 손에 들고 셔터를 계속 누르는 남자 선배에게 메이드는 다시 한 번 거부감을 나타냈다.

키류 케이키라는 소년은 자신의 욕망에 비교적 충실했다.

유이카의 메이드 모습은 정말 귀여웠다.

사진을 찍어 영구적으로 남겨두고 싶다고 생각하는 건 남자로서 당연한 욕구였다.

"저기, 귀엽지? 장난 아니야, 코가의 메이드 차림."

"그러네요. 엄청 귀여운 것 같아요."

"뭐예요? 두 사람 다……."

상급생 둘에게 격찬을 받으며 얼굴이 빨개진 유이카가 정말 귀여웠다.

"하지만 유이카가 용케 메이드복을 두 말 없이 입었네요."

"코가랑 게임을 좀 했거든. 진 쪽이 뭐든 시키는 대로 하는 조건으로, 카드 매칭 게임을."

"시간이 조금만 더 있었어도 유이카가 이겼을 텐데……."

"어머, 패배한 개의 투덜거림은 보기 흉해. ─아아, 미안해. 지금 코가는 고양이 귀를 한 메이드니까 패배한 고양이라고 해야 하나?"

자리에서 일어나 미소를 짓던 사유키의 손가락이 유이카의 턱 밑을 톡톡 쓰다듬었다.

"……웃."

하지만 유이카는 저항하지 못하고 뺨을 붉히며 굴욕에 몸을 덜덜 떨었다.

패자로서 치욕을 받아들이고 있는 것 같았다.

어쩐지 관능적인 느낌이 들어 케이키는 살며시 눈을 돌렸다.

"모처럼이니까 오늘은 그 차림으로 시중이라도 들래?"

"네?! 그, 그런 건……."

"자, 시험 삼아 한 번 더 케이키를 '주인님'이라고 불러봐. 이번에는 기세에 맡기지 말고 제대로 경애의 마음을 담아서."

"……알겠어요."

고개를 끄덕인 유이카는 동그란 눈을 위로 치켜뜨고 케이키를 바라보았다.

"……주……주인님?"

"커헉……!!"

유이카가 내뱉은 '주인님'의 위력은 무시무시했다.

가슴을 관통하는 소리를 자신도 모르게 내뱉을 정도로 굉

장했다.

"큰일이네……지금의 유이카가 주인님이 되어달라고 하면 나도 모르게 되어줄 수 있을 것 같아."

"잠깐, 케이키. 그건 그냥 넘길 수 없을 것 같네. 될 거면 나의 주인님이 되어야지."

"오히려 유이카가 케이키 선배의 주인님이잖아요!"

"이제 뭐가 뭔지 모르겠어……."

케이키의 주인님이 되고 싶은 후배.

케이키를 주인님으로 모시고 싶은 선배.

지금 현재로선 그녀들의 부탁에 응할 예정은 전혀 없었다.

"알았어. 그렇다면 코가가 케이키의 메이드에 어울리는지 테스트를 해보자. 코가는 지금부터 충실한 메이드로서 케이키에게 봉사하는 거야."

"흐응. 노예 후보에게 봉사하는 건 굴욕적이지만 마녀 선배가 날 뒤떨어진다고 생각하는 것도 화가 나니까. 좋아요. 이 테스트 받아들일게요."

"그럼 정해졌네. 자, 처음으로 주인님 역인 케이키에게 인사를 해봐."

"그런 건 쉽죠."

케이키에게로 몸을 돌린 고양이 귀의 메이드는 가련한 미소를 띠며 공손하게 인사했다.

"오늘 하루 케이키 선배의 메이드를 맡게 된 코가 유이카입니다. ──원래라면 주인이어야 할 유이카가 봉사하는 거니까 선배는 눈물을 흘리며 감사해야 한다고 생각해요."

"웃는 얼굴로 굉장한 말을 내뱉었어⋯⋯."

"그러면 안 돼, 코가. 주인님은 신이야. 위압적으로 하면 안 된다고. 건방진 말을 하는 것도 금지야. 성심성의껏 진심을 다해 대응해야지."

"으음⋯⋯알겠어요."

불만스러워 하면서도 납득하는 유이카.

심호흡을 한 번 하고 방긋 완벽한 영업 스마일을 만들어 냈다.

"그럼 주인님, 금방 뜨거운 차를 갖고 오겠습니다."

"아니, 이렇게 더운 날 뜨거운 차는 좀⋯⋯."

"이런, 이런, 유이카의 주인님은 제멋대로네요. ──정말 돼지처럼 탐욕적인 주인님이에요."

"뭐⋯⋯?"

"주인님? 차가운 음료수를 마시고 싶다면 애원해보세요. 천한 돼지처럼 킁킁 울어보세요."

"주인을 돼지라고 부르는 메이드라니 전대미문 아니야?"

사유키와 같은 성벽을 가진 도M의 돼지 녀석에겐 상이 될지도 모르지만 공교롭게도 케이키는 일반인. 독설 메이드에게 매도당하며 기뻐하는 특수기능을 갖고 있진 않았다.

"당치도 않네. 코가는 메이드의 메자도 몰라. 이래서야──"

혹독한 벌이 필요할 것 같은데."

"뭐, 뭐예요? 벌이라니……?"

"후후, 이런 일도 있을 것 같아서 수갑을 준비해왔어. 실수를 한 메이드는 주인님의 벌을 받는 거야. 이걸 사용해서 케이키에게 가혹한 조교를 받도록 해."

"네? 제가 하는 거예요?"

"그, 그런 건 불건전해요."

"남자를 발로 차면서 기뻐하는 아이에게 그런 말 듣고 싶진 않은데."

"남자에게 발로 차이면서 기뻐하는 사람에게 듣고 싶지 않거든요."

여고생의 대화라고는 생각할 수 없는 혼란스러운 발언이 난무하는 현장.

서예부 부실은 여름방학에도 다른 세상이었다.

"자, 코가, 단념하고 오랏줄을 받아."

"싫어요! 조교는 절대로 무리예요!"

"잠깐, 두 사람 모두 그 정도로 하고―."

싸움을 멈추려고 개입한 케이키가 손을 내민 순간 짤가닥하는 불온한 소리가 들렸다.

""아…….""

그건 틀림없이 수갑이 연주하는 소리. 두 개의 금속 원이 각자 다른 인물의 손목에 채워지고― 케이키의 오른손과 유이카의 왼손이 연결되고 말았다.

"어머, 케이키가 난폭하게 구니까 오발이 됐잖아."

"그런 농담을 할 때예요?! 빨리 풀어주세요."

"성급하긴. 너무 빠르면 남자로서 좀 그럴 것 같은데."

"그게 대체 무슨 말이에요?!"

"내구력도 중요하다는 말이야."

"됐으니까 빨리 풀어줘요!"

"미안해, 그건 무리야."

"네? 어째서?"

"수갑 열쇠를 집에 두고 온 것 같아."

"네에에?! 그건 수갑을 풀 수 없다는 뜻이잖아요?!"

"그렇게 되겠네."

그들에게 들이닥친 충격적인 사실.

느긋한 사유키에 비해 또 한 명의 피해자가 항의의 목소리를 높였다.

"그런 건 곤란해요! 이대로면 옷도 갈아입을 수 없고 화장실에도 갈 수 없잖아요!"

"어머, 화장실에 남녀 동반이라……오히려 흥분되지 않아?"

"그런 걸로 흥분하는 건 마녀 선배뿐이에요!"

사유키의 성벽은 둘째 치고 이대로면 부실에서 나갈 수조차 없게 된다.

수갑이 채워진 상황에선 교복으로 갈아입을 수도 없고 고양이 귀를 한 메이드와 남학생이 수갑으로 이어진 그림은 사건성을 암시하기에 충분했다.

　만약 선생님에게 들키면 지도실로 연행되어 신문을 받는 게 불가피했다.

　"사유키 선배, 역시 이대로 부실에서 나갈 수 없는 건 좀 곤란해요."

　"어쩔 수 없지. 집에 돌아가서 열쇠를 가지고 올 테니까 조금만 기다려."

　가방을 들고 부실 문을 연 상태에서 사유키는 무언가가 떠오른 듯 뒤로 돌아보았다.

　"맞다, 케이키."

　"왜요?"

　"아무리 코가가 귀엽다고 해도 치마 속에 얼굴을 들이밀거나 우연을 가장해서 엉덩이를 쓰다듬으면 안 돼."

　"그런 건 됐으니까 빨리 다녀오세요."

　그렇게 사유키를 보내고 부실에 남겨진 두 사람은 앉아서 기다리기로 했다.

　서로의 손이 이어져 있었기 때문에 두 개의 의자를 가까이 대고 앉았다.

　"정말, 마녀 선배 때문에 곤란하다니까요. 열쇠를 두고 오다니."

"그 사람, 그렇게 보여도 꽤 덜렁대니까."

머리는 좋은데 가끔 진심으로 바보가 아닐지 하는 생각이 들 때가 있다. 사유키가 부실에서 메이드가 됐을 때도 수갑 열쇠를 가슴 사이에 떨어뜨려 조그마한 사건이 생겼고.

"이런 차림으로 밖에 나갈 수도 없고 얌전히 기다릴 수밖에 없겠네요."

"그 메이드복, 치마도 짧고 꽤 외설스러우니까."

"……아무렇지도 않게 유이카의 다리를 쳐다보지 마세요."

치마와 양말 사이의 절대영역.

눈부신 다리는 설명이 필요 없는 매력으로 흘러넘치고 있었다.

"그렇다고 해도 역시 에어컨이 없으니까 많이 덥네……."

"학교의 모든 건물에 에어컨을 설치해야 할 것 같아요."

일단 서예부 비품인 오래된 선풍기를 꺼내 강풍으로 회전시키긴 했지만 더워진 공기를 아무리 휘저어도 더운 건 더운 거였다.

활짝 연 창문에서 들어오는 바람이 더 시원할 정도였다.

"아직 7월인데 이러면 다음 달은 지옥이겠네."

"하지만 추운 것보다 낫다고 생각해요."

"여자들 중엔 그렇게 말하는 아이들이 많던데. 미즈하도 그렇고."

"여자는 냉한 체질이 되기 쉬우니까요. ……아— 테이블

이 차가워서 기분 좋아요—."

단정치 못하게 테이블에 푹 엎드리는 유이카.

그런 후배를 곁눈으로 바라보며 케이키는 가방에서 차가 든 페트병을 꺼냈다.

그건 학교에 오는 도중 편의점에서 구입한 것.

언제나처럼 뚜껑을 열려고 수갑이 채워진 오른손을 움직였지만—.

갑자기 팔을 들어 올린 탓인지 수갑으로 이어진 유이카의 왼팔을 잡아당기고 말았다.

"꺄악?!"

"으악?! 미, 미안."

"좀 조심해 주세요. 아프잖아요."

"정말 미안. ……오른손을 쓸 수 없어서 불편하네."

페트병을 든 왼손을 오른손처럼 써서 어떻게든 뚜껑을 열었다.

수갑 때문에 수분을 보충하려는 데에도 한참 고생을 했다.

옆을 보자 유이카도 직접 준비한 미네랄워터를 마시고 있었다.

물을 마시는 행동조차 하나하나 귀여운 메이드를 멍하니 바라보고 있자 시선을 느낀 유이카의 표정이 순간 굳어졌다.

"……너무 빤히 바라보지 마세요. 부끄러우니까."

"그렇게 부끄러우면 왜 메이드복을 입은 거야?"

아무리 벌칙이라고 해도 유이카가 솔직하게 승낙했다는 게 이상했다.

"……그치만 마녀 선배가 유이카가 메이드복을 입으면 케이키 선배가 기뻐할 거라고 해서."

"뭐? 나?"

"그래요. 물론 너무 바라보면 부끄럽지만 ……유이카는 케이키 선배가 기뻐했으면 좋겠어요."

"아……."

그녀가 쑥스럽게 내뱉은 말은 케이키의 마음을 강하게 흔들었다.

유이카는 케이키를 위해 메이드복을 입은 것이다.

그녀가 도S라고 판명됐을 때 노예가 되는 보답으로 새하얀 팬티를 주려고 했던 것도 케이키가 기뻐할 것 같아서 행한 행동이었다.

상대가 기뻐해주길 바라는 마음에 조금의 호의도 개입되지 않았다고는 할 수 없었다.

문제는 유이카가 케이키에게 보내고 있는 호의가 연애감정인지 아닌지였다.

(역시……유이카가 신데렐라일까?)

러브레터의 발신인이 유이카라면 자신은 어떤 대답을 해야 할까?

"으응……모르겠어…….."

생각을 포기하고 테이블에 엎드렸다.

더위 때문인가. 그렇게 있으니 급격하게 졸음이 쏟아졌다.

의식이 잠의 밑바닥으로 빠지는데 그다지 많은 시간이 걸리지 않았다.

"─선배. 케이키 선배, 일어나세요."

"……응?"

누군가가 어깨를 흔들어 눈을 떴을 때 그곳은 서예부 부실이었다.

케이키는 테이블에 엎드린 채 숙면을 취하고 있었던 것 같았다.

"우와……완전히 자버렸네."

"그런 것보다 큰일이에요! 큰 사건이라고요!"

"유이카? 그렇게 당황하고, 왜 그래?"

"……장실……싶어요."

"응? 뭐? 안 들리는데."

"화장실! 화장실 가고 싶어요! 정말 나올 것 같아요!"

"뭐……라고?"

앉아있던 케이키의 바로 옆에 서 있는 유이카는 메이드복 치마를 꽉 쥐고 머뭇머뭇 두 다리를 문지르고 있었다.

그 행동에서 유추해보면 현재 그녀를 습격한 요의는 상당히 위험한 레벨이었다.

"저기……화장실이라면 부실을 나가서 복도 안쪽에 있는데."

"알아요! 그런데 유이카와 케이키 선배는 수갑으로 이어져 있잖아요!"

"아, 그랬지."

생각해보면 화장실에 가는데 자기신고는 필요 없었다.

평상시였다면 잠든 케이키를 내버려두고 혼자 끝냈을 일이었다.

하지만 지금 이 상황은 그녀에게 그걸 허락하지 않았다.

사유키가 가지고 온 수갑 때문에 서로의 손목이 이어져 있었기 때문에 혼자 생리현상과 마주하는 건 불가능했다.

"아니, 하지만, 내가 같이 가도 괜찮을까? 저기…… 소리라던가."

"그런 갈등은 이미 내 안에서 매듭이 지어졌어요! 이제 그런 말을 할 때가 아니라고요! 정말 한계예요!"

"……뭔가 미안하네……."

아무래도 유이카는 화장실을 참으려고 한 것 같았다.

어느 정도로 참고 있었는지는 모르지만 그것도 한계를 뛰어넘어 남자를 데리고 화장실에 가려는 창피함과 요의를 천칭에 올려두고 케이키를 깨운다는 결론에 이르렀을 것이다.

"좋아, 그럼 바로 행동을 개시하자!"

"갑자기 의욕이 생기는 것도 좀 복잡하긴 하지만……알겠어요."

케이키로서도 이성의 화장실에 동행하는 건 저항감이 있었지만 당면한 일을 위해서 다른 일에는 마음을 쓸 수 없다고나 할까, 여기서 해방되면 어색한 미래가 기다리고 있을 건 명백한 일.

그렇다면 한시라도 빨리 그녀와 화장실로 뛰어가는 게 정답이었다.

하지만— 새로운 세계로의 여행길은 갑자기 기선을 제압당했다.

"……큰일이네. 화장실 앞을 여자애들이 점령하고 있어."

"말도 안 돼……!!"

부실 문을 열었다가 화장실 앞에 서서 이야기를 나누고 있는 몇 명의 여학생을 발견했다.

이대로면 화장실을 사용할 수 없었다.

절망적인 상황 속에서 뺨을 빨갛게 붉힌 채 이마에서 땀을 흘리며 유이카가 기대왔다.

"……선배……유이카……이제……이제……."

"잠깐만!! 어떻게든 할 테니까 조금만 더 참아줘!"

"윽!"

입을 다물고 그녀는 몇 번이나 고개를 끄덕였다.

그 필사적인 모습에서 유추해볼 때 이제 정말 시간이 없었다.

"……방법은 이것밖에 없어."

머릿속에 떠오른 이 상황을 타파할 타개책.

그건 다양한 의미에서 최종수단인 위험을 동반한 해결법.

"……유이카, 팬티를 벗어."

"……네? 무, 무슨 말을 하는 거예요?"

"유이카를 구하려면 필요한 일이야. 여기서 실례하고 싶다면 상관없지만."

"……으윽, 이런 치욕을 당하다니……나중에 두고 보세요."

불평을 하면서도 약삭빠르게 한쪽 손으로 팬티를 벗는 고양이 귀의 메이드.

오늘 유이카의 속옷은 옥색 천에 흰색 물방울무늬가 곁들어진 귀여운 팬티였다.

"좋아, 벗었지? 그럼 실례 좀 할게……."

"─응? 꺄아아아아악?!"

케이키는 유이카의 등 뒤로 돌아가 그녀의 작은 몸을 안아 올렸다.

그리고 니삭스로 둘러싸인 양쪽 다리를 붙잡고 체조선수처럼 다리를 벌렸다.

유이카의 양 다리는 아낌없이 벌려진 형태.

너무나 선정적인 M자 다리에 혼란스러워 하는 후배가 버둥버둥 날뛰었다.

"잠깐, 선배?! 뭐 하는 거예요?!"

다리를 벌린 유이카는 얼굴을 토마토처럼 새빨갛게 물들였다.

수갑 때문에 유이카는 이어진 왼손을 등으로 돌린 채 무리한 자세를 강요당했지만 그녀에게 그런 건 중요하지 않았다.

"……."

항의를 무시한 케이키는 그대로 활짝 열린 창문 앞으로 걸어갔다.

드디어 의도를 깨달은 후배의 표정이 굳어졌다.

"케, 케이키 선배……? 제정신이에요?"

"괜찮아. 여름방학이니까 아무도 안 볼 거야. 바로 밑에는 다행히 정원수가 있고."

"그러니까 그런 문제가……."

"아니면 내가 보고 있는 부실 안에서 실례할 거야?"

"그, 그건 싫어요!"

"그렇지? 그럼 이것밖에 없어."

"바보, 바보, 바보! 케이키 선배 변태! 누가 보면 어쩌려고 그래요?!"

새빨개진 얼굴에 눈물을 머금고 오른쪽 주먹으로 퍽퍽 케이키를 때렸다.

"부실 안에서 실수하는 것보단 낫잖아?"

"그렇다고 이런 자세로 창문에서 하다니, 말도 안 돼요."

"원망할 거면 미네랄워터를 꿀꺽꿀꺽 마셔버린 자신을 원망해!"

"시, 싫어……싫어, 싫어, 싫어!!"

날뛰는 후배의 귓가에 입을 바싹 대고 어린애를 어르듯 속삭였다.

"—자, 치마를 직접 넘기지 않으면 젖을지도 몰라."

"윽?!"

그 말에 순간적으로 오른손을 치마 쪽으로 뻗는 유이카.

하지만 뻗어진 손은 그 소매를 꽉 붙잡을 뿐 결국 치마는 젖히지 못한 채 그녀는 코앞까지 다가온 한계점에 몸을 부들부들 떨었다.

"싫……어……안 돼…….."

그녀가 눈물을 머금고 한계를 호소해도 구원의 손길이 다가오진 않았다.

"시, 싫어어어어어어어어어어어어어어어!!"

그녀의 새하얀 목이 비통한 고함 소리를 연주하며 필사적으로 막던 댐이 무너진 그 순간—.

케이키의 의식은 돌연 끊어졌다.

"……응? 어, 어라?"

정신을 차렸을 때 케이키는 다시 테이블에 엎드려 있었다.

그리고 옆에 앉은 사유키가 아주 가까이에 얼굴을 내밀고 그를 살펴보고 있었다.

"으아아아아아아아아아악?!"

"그런 반응은 실례 아니야? 그렇게 귀신을 본 것처럼 비명을 지르지 않아도 되잖아."

"사, 사유키 선배……?"

선풍기가 돌아가는 서예부 부실에 같이 있던 유이카의 모습은 보이지 않았고 교복을 입은 사유키만 홀로 옆에 있었다.

"유이카는요?"

"코가라면 벌써 돌아갔어."

"돌아갔다고요?"

무심코 오른손을 바라보았지만 거기에 있던 수갑은 이미 치워져 있었다.

"내가 돌아왔을 땐 케이키가 잠들어 있었기 때문에 깨지 않도록 조용히 수갑을 풀었어."

"그래요……?"

"아쉽네. 의식이 있었다면 코가가 옷을 갈아입는 모습을 직접 즐길 수 있었을 텐데."

"그건 정말 아쉽네요."

수갑의 구속에서 해방된 유이카는 옷을 갈아입은 후 바로 돌아갔다고 했다.

"코가가 왠지 서둘러서 나가는 것 같던데 혹시 무슨 일 있었어? 정말 치마 속에 얼굴을 들이밀었다거나?"

"그런 짓 안 했어요. ……하지만 다행이네요. 그건 꿈이었구나."

이 부실에서 일어난 선명하고 강렬한 사건은 꿈인 것 같다.

다시 생각해보면 유이카를 향한 케이키의 언동은 꽤 이상했다.

아무리 궁지에 몰린 상황이라고 해도 후배 여자아이에게 창문으로 방뇨를 재촉할 리가 없었다.

굉장히 리얼한 꿈이었지만 오히려 꿈이라 안심했다.

"……응? 문자? 유이카에게서?"

스마트폰에 방금 도착한 메시지를 열어보았다.

"오늘 일은 정말 부끄러웠어요. 잊어주세요."

"……꿈……이었지?"

부끄러웠다는 건 메이드복을 입은 걸 말하는 거겠지?

2층에서의 방뇨 플레이는 꿈속 이야기 맞지?

확인 문자를 보낼까 망설이다가 무서워서 보낼 수 없었다.

모르는 편이 더 행복한 일도 반드시 있었다.

이 수수께끼는 수수께끼인 채로 해명하지 않고 무덤까지

가져가자고 결의하는 케이키였다.

"그래서 사유키 선배는 내 얼굴을 엿보면서 뭘 하고 있었던 거예요?"

"안심해. 논리적으로 비상식적인 일은 하지 않았으니까."

"그 코멘트, 반대로 불안해지는데요……."

"모처럼이니까 잠든 얼굴을 찍고 뺨을 꾹꾹 눌러보고, 할짝할짝 핥아본 것뿐이야."

"할짝할짝?!"

"후후, 뭣하면 재현해볼까?"

"왠지 무서우니까 사양할게요……."

정말 논리적으로 괜찮은지 수상했다.

"아니, 저의 잠든 얼굴을 찍어봤자 재미없잖아요."

"그렇지도 않아. 폭소거리니까."

"제가 폭소할 만큼 잠버릇이 심해요?"

"케이키도 오늘 밤엔 메이드 차림을 한 코가의 사진을 보며 즐길 거지? 그것과 똑같아. 나도 오늘 밤 침대에 들어가서 케이키의 사진을 보며 즐길 거야. 여러 가지로—."

"그럼 나도 슬슬 그만 가볼까?"

"아, 안 돼. 무시하면 안 되지. 그게 가장 가슴을 찌르니까."

"도M인 사유키 선배에겐 오히려 상이잖아요."

"케이키는 정말 짓궂다니까. 좀 더 괴롭혀줘도 괜찮은데."

"뭐지? 그렇게 부탁하니까 오히려 해주기 싫어지는데요."

"아, 그거 알아. 츤데레라는 거지?"

"츤데레 아니거든요."

"츤데레라고 하니까 생각나는데, 코가도 좀 뾰족한 스타일이지."

"그래요?"

"코가는 동물에 비유하자면 고슴도치 같아. 쓸데없이 경계심이 강하고 반항적이고."

"그건 사유키 선배가 자극하니까 그런 거잖아요."

"외모는 귀여운데 성격은 정말 귀엽지 않다니까. 그 애는 부실에 케이키가 없으면 계속 뚱하게 있어. 내버려두면 여름방학 내내 집에 처박혀 책만 읽을 거야."

"아, 그건 눈에 선명하네요."

지금이야 도서위원 접객도 웃는 얼굴로 해내고 있지만 처음에는 무뚝뚝하고 지독했다.

기본적으로 유이카는 다른 사람과 접촉하고 싶어 하지 않았다.

고슴도치라니, 처음 만났을 무렵 그녀는 정말 그런 느낌이었다.

"아, 그래서 사유키 선배가 유이카를 불러낸 거군요."

"뭐?"

"늘 싸움만 하면서 생각보다 상냥하시네요."

"뭐?! 아, 아니야……!!"

"아닌가요?"

"……난 그저 부장으로서 그 아이의 상태가 신경 쓰이는 것뿐이야. 마음에 안 드는 점은 있지만 코가도 서예부 후배니까."

"사유키 선배는 후배를 생각하는 사람이니까요."

"그러니까 아니라고 했잖아. 케이키는 오해하고 있어. ─그, 그래. 코가는 구실일 뿐, 사실은 내가 케이키를 보고 싶었던 것뿐이야."

"저도 사유키 선배를 만나고 싶었어요."

"뭐어?!"

"농담이에요."

"뭐야?! 오늘은 언어고문 날이야?! 흥분되잖아!"

후배 남자에게 괴롭힘을 당하며 흥분해버린 여고생이 여기 있었다.

"솔직히 새로운 후배가 생겨서 기쁘기도 해. 케이키랑 둘만 있던 서예부에 불만이 있는 건 아니지만."

"……그렇군요."

유이카와 마오가 입부해서 이 부실도 꽤 시끌벅적해졌다.

사유키가 1학년을 보냈던 부원이 많았을 무렵의 서예부와 닮았을지도 모른다.

"뭐, 어쨌든 코가에게 케이키를 넘겨줄 생각은 없지만."

장난스러운 말을 하며 사유키가 품으로 달려들었다.

"후후, 이번에는 내가 케이키를 독점해야지."

주인에게 뛰어드는 강아지처럼 기쁨을 숨기려고 하지 않는 미소가 가슴을 꽉 조였다.

(정말 귀여워, 이 사람…….)

괴롭혀주는 걸 좋아하는 변태 주제에 평소에는 귀여운 여학생이라서 사실 곤란했다.

빨개지는 얼굴을 보여주고 싶지 않아서 자신도 모르게 다른 쪽으로 고개를 돌려버리고 말았다.

"사유키 선배, 더운데 좀 떨어지면 안 돼요?"

"멋쩍음을 감추려고? 나의 주인님은 부끄럼쟁이라서 곤란하다니까."

"주인님은 아니죠."

역시 사유키가 케이키가 찾는 신데렐라일까?

주인이 되어줬으면 좋겠다는 바람 뒤에 케이키에 대한 연애감정이 있다면—.

그런 생각을 하자 케이키는 괜스레 그녀의 얼굴을 볼 수 없었다.

시각은 오후 1시가 됐을 무렵.

지금부터 혼자 서예에 임하려는 사유키를 남겨두고 케이키는 부실을 나왔다.

"……결국 신데렐라는 어느 쪽일까?"

신데렐라 찾기 상황은 여름방학 전과 전혀 변하지 않았다.

"내 방에서 팬티를 들고 나간 이상, 사유키 선배나 유이카가 신데렐라일 텐데……."

신데렐라가 자신의 정체를 숨기고 있는 이상, 직접 자신의 이름을 대며 나올 거라곤 생각하기 어려웠다.

케이키가 두 사람에게 러브레터의 발신인이냐고 질문해도 정체를 숨기고 있는 인물이 솔직하게 자백할 것 같지도 않았다.

신데렐라로 이어지는 확실한 증거를 찾지 못하는 한 아무것도 할 수 없는 게 현 상태였다.

"역시 신데렐라의 팬티를 찾아낼 수밖에 없겠어……."

여자의 팬티를 효율적으로 확인하려면 역시 방을 뒤질 수밖에 없겠지만 유이카의 집에 있을 때 실패했기 때문에 발각됐을 때 대가가 너무 컸다.

"매일 치마를 슬쩍 넘겨볼까……? ……아니, 그럼 내가 변태 같잖아!"

아직 잠이 덜 깬 건지 엉뚱한 혼잣말을 생산하며 계단으로.

"……어라? 코하루 선배?"

"아, 키류."

계단 층계참에 있던 건 체격이 작은 선배 코하루였다.

교복을 입은 모습의 그녀는 큰 골판지 상자를 옮기고 있었고 보다 못한 케이키는 그녀에게 달려갔다.

"그거 천문부로 옮기려는 거예요? 제가 들게요."

"정말요? 고마워요."

받아든 상자는 그만큼 무겁진 않았지만 몸집이 작은 코하루에겐 꽤 중량이었다.

"덕분에 살았어요. 꽤 무거워서 힘들었거든요. 팔은 괜찮아요?"

"이 정도는 아무렇지도 않아요."

"키류도 역시 남자네요."

"전 남자로서는 평균 정도의 근력이라고 생각하지만요. 그런 점에서 쇼마는 테니스 부원이라 팔의 근력이 굉장하죠."

"그래요. 가끔 머리를 쓰다듬어주는데 굉장히 우람해서 두근거리게 돼요."

"코하루 선배는 여전히 쇼마에게 홀딱 빠져 있네요."

"물론이에요! 그렇게 멋진 남자는 따로 없다고나 할까, 어린 아이들을 보고 있을 때의 그의 미소에 넋을 잃게 돼요. 아, 얼마 전에도 쇼마가 말이죠—."

"아, 이런. 스위치가 켜지고 말았네."

코하루는 쇼마의 이야기를 하게 되면 멈추지 못했다.

체격이 자그마한 상급생의 새콤달콤한 청춘 에피소드를

들으면서 천문부로 상자를 운반.

쇼마의 사진이 벽 한 면에 붙여져 있는 이공간에도 이미 익숙해진 건지 겁내지 않고 들어가 테이블 위에 상자를 놓았다.

"그런데 이 짐은 다 뭐예요?"

"쇼마의 사진이에요. 로커에 넣어뒀는데 넘칠 것 같아서 여름방학 중에 정리하려고요."

"코하루 선배도 캐릭터가 변하질 않네요."

코하루가 연 상자 속에는 쇼마의 브로마이드가 대량으로 담겨 있었고 그것들을 전부 테이블 위에 펼쳤다.

"우와, 굉장한 양이네요."

"흥미가 있으면 한 번 보세요."

"솔직히 쇼마 녀석의 사진에는 별로 흥미가 없어서요……."

아무리 친구라도 남자의 사진을 차분히 바라보는 취미는 없었다.

다만 코하루가 높은 레벨의 촬영기술을 구사해서 찍은 사진은 전부 다 멋있어서 자신도 모르게 손에 들고 보게 됐다.

쇼마가 테니스 코트에서 스매시를 때리는 순간의 사진엔 프로 카메라맨이 찍은 것 같은 생동감이 있었고 일상의 아무렇지도 않은 광경을 찍은 것도 정말 아름답게 찍혀져 있어서 코하루의 신중한 작업 태도를 엿볼 수 있었다.

"이렇게 보니까 쇼마 녀석, 왠지 아이돌 같네."

"쇼마라면 아이돌도 될 수 있을 거예요. 저로서는 코하루만의 쇼마로 있어 줬으면 좋겠지만. ……아, 나도 참, 정말 부끄러운 말을 해버렸네요. 정말, 정말!"

양손을 뺨에 대고 몸부림치는 선배가 너무 귀여웠다. 쇼마가 부러워지는 순간이었다.

"……어라? 이 사진……."

케이키가 손에 든 한 장의 사진.

저녁 무렵, 테니스 코트에서 부활동에 임하고 있는 쇼마를 포착한 사진이었는데 사진 속에 작게 케이키가 잘 아는 여자가 찍혀 있었다.

"……뭐야……이게……?"

그 사진을 보고 느낀 위화감에 목소리가 새어나왔다.

사진 오른쪽 하단에 촬영일시가 새겨져 있었는데 무슨 우연인지 케이키가 부실에서 러브레터를 발견한 날 찍힌 사진이었다.

하지만 신경 쓰이는 건 날짜보다도 시간이었다.

촬영된 건 오후 6시 무렵으로 케이키가 하교한 후라고 생각되는 시간대였다.

사진 속에서 교문을 향해 걸어가고 있는 '그녀'를 몇 번이나 확인했다.

언뜻 보기엔 하나도 부자연스럽지 않았다.

하지만 잘 생각해보면 이상했다.

러브레터를 발견한 날 부실에서 생겼던 일을 다시 생각해 보면 이 사진에 숨겨진 큰 모순을 알 수 있었다.

왜냐하면 그 여자아이는 그 시간에 그 장소에 있을 수 없는 인물이었기 때문—.

"이건……설마……."

"왜 그래요?"

"코하루 선배……저, 신데렐라의 정체를 알아낸 것 같아요."

서예부 부실에 발신인 불명의 러브레터를 남긴 여자아이.

케이키에게 보낸 편지지에 '당신이 좋습니다'라고 써놓고 고집스럽게 정체 밝히길 거부한 '팬티를 떨어뜨린 신데렐라'의 꼬리를 드디어 붙잡았다.

스토커 소녀가 우연히 촬영한 그 사진은 발신인의 정체를 밝혀줄 증거였고 공략난이도가 너무 높은 신데렐라 때문에 고전하고 있던 왕자를 구할 유리 구두였다.

♥ 변태 소녀들끼리 걸즈 토크를 해보았다

 어머, 코가는 블라우스보다 먼저 치마를 벗는 타입이구나. 후후 부실에서 팬티를 그대로 노출하고도 부끄럽지 않아?

 마녀 선배가 메이드복을 입으라고 해서 벗은 건데요…….

 벌칙은 거부할 수 없기 때문에 벌칙인 거야. 원망스러우면 신경쇠약에서 진 자신을 원망해. 그런데 코가는 케이키의 어떤 모습이 마음에 들었어?

 뭐예요? 아닌 밤중에 홍두깨처럼.

 단순히 신경 쓰여서 그래. 케이키와 만난 지 얼마 되지 않은 코가가 어째서 그렇게 그에게 집착하는 건지.

 그거야 당연히 케이키 선배가 유이카에게 특별한 사람이니까 그렇죠.

 특별한 사람이라……만난 지 얼마 되지도 않은 사이인데?

 시간은 관계없어요. 같이 있는 동안 괜찮은 사람이라고 생각하게 됐으니까. 쓸쓸할 때 상냥하게 대해주면 유이카도 ―잠깐, 무슨 말을 하게 하는거예요?!

 방금 그건 완전히 자폭 같은데……그래, 코가도 나랑 같구나.

 네?

 아무것도 아니야. 나도 치마를 먼저 벗는 쪽이라고 말한 것뿐이야.

 그건 세상에서 가장 필요 없는 정보네요.

8월 1일. 절찬리에 여름방학 중이었지만 오늘은 등교일이었다.

이날은 장기휴가에 의해 흐트러진 생활습관을 강제적으로 바로잡는 날. 교복을 제대로 착용하고 늘 등교하는 시간에 등교한 다음 2시간 정도 자습을 즐겼지만 그것도 금방 종료.

공부에서 해방된 학생들이 귀가하거나 동아리실로 향하는 와중 서예부 멤버들은 교문 앞에 집합하고 있었다.

부장인 사유키에 케이키, 유이카, 마오까지 부원 4명이.

그리고 케이키의 여동생인 미즈하의 모습도 보였다.

"미즈하, 오랜만이야."

"아, 안녕하세요, 토키하라 선배. 오랜만에 뵙네요."

흑발의 상급생에게 고개를 꾸벅 숙이고

"저기, 오빠? 이건 무슨 모임이야?"

혼자만 부원이 아닌 미즈하가 옆에 있는 오빠에게 질문했다.

방금 전 갑자기 오빠의 전화로 불려나온 동생은 곤혹스러웠다.

"지금부터 다 같이 수영장에 갈 거야. 우대권 유효인수가 5명까지니까, 미즈하도 데리고 가려고."

"하지만 난 수영복 없는데?"

"괜찮아. 내 취향대로 고른 새 수영복을 준비했으니까. 자, 여기."

케이키가 건넨 종이봉투에는 미즈하에게 잘 어울릴 만한 귀여운 수영복과 새 수건이 들어 있었다.

"너무 용의주도해서 무서운데……이거 사이즈는?"

"나 같은 가슴 소믈리에에게 사이즈 판별 정도는 간단한 일이야."

"오빠……그 말은 역시 좀 별로야."

미즈하는 살짝 경계하는 모습으로 가슴 근처를 손으로 가렸다.

"키류, 여동생의 가슴 사이즈를 파악하는 오빠는 좀 그렇지 않아?"

"케이키 선배……."

마오와 유이카의 시선이 차가웠다.

실제로는 미즈하의 사이즈를 파악하진 못했다.

미즈하에게 수영복을 선물하고 싶다고 코하루에게 상담했더니 비밀리에 촬영한 미즈하의 사진으로 정확한 사이즈를 계산해서 수영복 구매까지 도와줬다.

여자의 수영복을 구입하는 건 상당히 부끄러웠지만 이것도 오늘의 서프라이즈를 위해서였다.

"미즈하에겐 요리나 집안일로 언제나 신세를 지고 있으니까. 그 수영복은 평소부터 생각하고 있었던 감사의 마음을 담아 내가 주는 선물이야."

"아……응. 그런 거라면……고마워."

좀 망설이면서도 감사인사를 건네는 미즈하.

이야기가 정리된 시점에 부장인 사유키가 리더십을 발휘했다.

"그럼 지금부터 버스정류장으로 이동하자. 차 조심하고."

"왠지 초등학교 소풍 같네요."

"코가는 여러 가지로 초등학생 같지(쿡쿡)"

"역시 그렇게까지 작진 않거든요."

"유이카는 그대로가 제일 귀여워. 자, 언니가 가슴 성장이 멈추는 주문을 걸어줄게."

"마오 선배 짓궂어요."

사이좋게 길을 걷는 세 사람.

그 모습을 뒤에서 바라보면서 미즈하가 작게 웃었다.

"서예부는 활기차구나."

"뭐, 지루하진 않지."

다양한 의미로 개성이 풍부한 인재가 모여 있는 서예부에선 트러블에 부족함이 없었다.

"갑자기 불러내서 민폐였어?"

"사전에 연락을 줬으면 더 좋았겠지만 민폐는 아니야. 선물도 기쁘고."

"그래?"

"하지만 오빠의 취향대로 고른 수영복이라니 좀 불안해. 끈으로 된 거면 어떻게 해?"

"사유키 선배도 아니고 귀여운 여동생에게 그런 걸 입힐 리가 없잖아."

"후후, 농담이야. 사실은 좀 기대가 돼."

그렇게 말하며 미소 짓는 미즈하가 정말 귀여워서 가슴이 두근거렸다.

이성이라는 브레이크가 없었다면 끌어안았을지도 모른다.

케이키는 여전히 동생 바보였다.

서예부 부원에 미즈하를 포함한 5명은 버스를 이용해서 이웃 마을 시내 수영장을 방문했다.

그곳은 잡지 같은 곳에서 '수영장 유원지'로 칭해질 정도로 다양한 워터 슬라이드나 다이빙대, 파도풀 등 많은 놀이 시설을 제공하는 인기 스팟이었다.

우대권을 사용해 반값의 요금으로 입장한 케이키와 여학생들은 남녀로 나뉘어 탈의실로 들어갔다.

재빨리 옷을 갈아입고 마오가 좋아할 만한 알몸의 남자들이 우글거리는 탈의실을 나온 케이키는 풀 사이드에서 이용객을 바라보며 여자 멤버들이 오기를 기다렸다.

"오래 기다렸지? 케이키."

"첫 타자는 사유키 선배인가요……?"

갑작스러운 라스트 보스의 등장이었다.

압도적인 가슴 부분의 전투력을 생각하면 오히려 마지막에 나오길 바랐는데.

쭈뼛쭈뼛 뒤를 돌아보자 비키니 차림의 흑발 소녀가 서 있었다.

"평범해! 사유키 선배 주제에 평범한 수영복이잖아!"

색은 아름다운 파란색으로 과도하게 천의 면적이 적지도 않고 오히려 청초한 느낌.

그녀에게 굉장히 잘 어울렸다.

"어떤 뇌쇄적인 수영복을 입고 나올지 두근두근했는데 평범하고 귀여워서 멋지네요."

"후후후. 그래? 여동생의 정보제공으로 케이키가 청초한 디자인을 좋아하는 건 조사가 끝났거든."

"확실히 수영복 디자인은 청초하지만……가슴이 커서 섹시한데요."

수영복은 청초하지만 가슴 사이즈가 청초하지 않아서 결과적으로 에로스한 느낌으로 마무리되었고 다 감싸지지 않는 매력이 흘러넘치고 있었다.

솔직히 말해서 굉장히 야했다.

큰 가슴과 엉덩이 콜라보가 상승적으로 섹시함을 배가시켰고 주위 남성들의 시선을 고정시키게 만들었다. 고등학

교 3학년이지만 어른도 무색할 정도의 몸매를 자랑하는 데
다 절세미인이라 시선을 집중시켰다.

"케이키 선배, 오래 기다렸죠?"

"오래 기다렸지~?"

다음으로 나온 건 유이카와 마오 두 사람.

"어, 어때?"

드물게 긴장하는 기색의 마오가 입고 있는 건 취재 데이
트 때 둘이서 선택한 산뜻한 오렌지색 수영복이었다.

"응, 역시 잘 어울려. 예쁘다."

"그래……?"

아주 싫지는 않은 듯 뺨을 붉히며 외면하는 마오.

아무래도 쑥스러워 하는 것 같아서 케이키는 마음속으로
'츤데레 소녀'라고 중얼거렸다.

"그런데 난죠는 왜 스케치북을 갖고 있는 거야?"

"그거야 당연히 남자의 알몸을 스케치할 절호의 기회니까."

"아, 그래……?"

수영장 남성 고객들이 통째로 부녀자의 타깃이 된 순간이
었다.

"케이키 선배, 유이카에겐 아무 말도 안 해주는 거예요?"

"유이카도 귀여워."

"에헤헤. 노예가 되고 싶어졌어요?"

"그건 아니고."

유이카의 수영복은 핑크색에 나풀거리는 프릴이 붙어 있는 귀여운 계열.

이쪽도 얼굴과 몸매에 어울려서 굉장히 훌륭했다. 천사가 수영복을 입은 것 같은 귀여움.

"오빠……."

"미즈하가 마지막인가?"

쭈뼛쭈뼛 다가온 여동생이 눈을 위로 치켜뜨고 오빠를 바라보았다.

"어때?"

"어떠냐고 묻는다면……최고라고 생각해."

미즈하의 수영복은 민트 그린과 흰색 스트라이프 무늬.

귀여운 배꼽도, 형태 좋은 가슴도, 허리에서 엉덩이로 이어진 라인도 완벽한 그 훌륭한 몸매에는 감탄할 수밖에 없었다.

케이키 옆에서 유이카가 미즈하의 가슴을 빤히 바라보았다.

"미즈하 선배는 옷을 입으면 오히려 말라 보이는 타입이네요. 부러워요."

"꽤 있지? 자연산이야."

"왜 케이키 선배가 잘난 척하는 거예요?"

오빠의 성희롱 발언에 미즈하는 재빨리 팔로 가슴을 감추고 말았다.

"······이상한 말을 하는 오빠는 싫어."

"미안해! 싫어하지 마!"

여동생에게 진심으로 사과하는 후배 남자를 사유키가 차가운 눈으로 바라보았다.

"······케이키는 평범하지 않은 레벨의 시스터 콤플렉스구나."

"난 시스터 콤플렉스가 아니에요."

"케이키 선배는 완벽한 시스터 콤플렉스라고 생각해요."

"키류는 어떻게 봐도 시스터 콤플렉스잖아."

"오빠는 시스터 콤플렉스야."

"응──?"

이상하네. 모두가 시스터 콤플렉스라고 생각하고 있어. 어째서?

"뭐, 나의 시스터 콤플렉스 의혹은 둘째 치고. 모처럼 수영장에 왔으니까 신나게 놀자."

"아─ 난 저 주변에서 스케치하고 있을게."

"난 파도풀에 가고 싶어."

"유이카는 워터 슬라이드로 갈게요."

"모두 같이 논다는 선택지는 없구나······."

수영장에서도 협조성이 없는 사람들이었다.

부실에서도 각자 마음대로 작품을 만들어대는 멤버들이라 운동부 같은 단결력을 원해봤자 소용없겠지.

"케이키 선배, 유이카랑 미끄럼틀에서 놀아요."

"안 돼. 케이키는 나와 파도풀에서 놀 거니까."

오른팔엔 유이카가, 왼팔엔 사유키가 달라붙어 한 남자를 두고 쟁탈하고 있었다.

"두 사람 모두 일단 떨어지면 안 될까? 나의 이성이 위험하고 위태로운데."

평소와 같은 전개였지만 지금 그녀들은 수영복 차림이라 자극이 평소와 비교할 수 없었다.

부드러운 몸이나 매끈거리는 피부 감촉, 괴로운 유혹에 다리 사이가 만회할 수 없을 상태로 이행할 것 같았다.

잊어선 안 되는 건 여기가 평소의 부실이 아니라 공공장소라는 것.

미소녀 두 사람에게 끼여 있는 케이키를 향하고 있는 건 불타는 듯한 질투의 감정.

남성 고객들의 살의가 충만한 시선이 공포를 불러일으켰다.

"오빠, 인기 많네."

"그런 거 아니야."

서예부의 수영장 놀이는 역시 만만치 않을 것 같았다.

그리고 사유키가 그 멋진 가슴을 과시하는 듯 팔짱을 끼고 선언했다.

"그럼 케이키와 놀 권리를 걸고 승부할래?"

"좋아요. 종목은 어떤 걸로 할까요?"

"모처럼 수영장에 왔으니까 여름에 어울리는 게 좋겠지. 수영 대결은 다른 사람들에게 방해가 될 것 같으니까 물총으로 할까? 서부극 결투 식으로."

"등을 맞대는 그거 말이죠? 바라던 바예요."

흑발 소녀의 도전장에 이글이글 전의를 불태우는 금발 소녀.

"아무래도 상관없지만 나의 의사를 확인하지는 않는구나……."

그렇게 그녀들이 빌려온 건 양손으로 드는 꽤 큰 타입의 정말 강력해 보이는 물총이었다.

"심판은 난죠에게 부탁할게."

"알았어요. 물총이니까 다섯 걸음이면 될까요? 다섯 걸음 앞으로 걸어 나가서 뒤돌아보고 쏜 다음 상대의 몸에 먼저 맞춘 쪽이 승리."

마오가 제시한 룰에 수긍하는 두 사람.

물총을 손에 들고 풀 사이드에서 두 사람은 등을 맞대고 있었다.

"안 질 거야, 코가."

"제가 할 말이에요, 마녀 선배."

서로 할 말을 건네고 드디어 준비는 만반.

사유키나 유이카와는 좀 떨어진 위치에서 미즈하가 옆에

선 오빠에게 말을 걸었다.

"오빠, 오빠, 어느 쪽이 이길까?"

"글쎄? 저 물총은 꽤 무거워 보이니까 체격적으로는 선배가 유리하려나?"

"그래? 그럼 난 유이카에게 매점 크레이프를 하나 걸게."

"그럼 난 사유키 선배에게 크레이프 하나."

승부의 행방에 자그마한 경품을 걸고 남매는 결투를 지켜보았다.

"그럼— 시작!"

마오의 신호를 시작으로 사유키와 유이카는 앞으로 걸어나갔다.

……한 걸음. ……두 걸음. ……세 걸음. ……네 걸음. ……그리고 다섯 걸음.

거리를 둔 두 사람은 동시에 뒤돌았다.

하지만 명백하게 사유키의 반응속도가 늦었다.

잊었을지도 모르지만 그녀는 이전 볼링에서 예술적인 거터를 연발했던 인물.

토키하라 사유키는 절망적으로 운동신경이 없었다.

사유키가 물총을 조종하려고 할 때 유이카는 이미 발포 준비를 마치고 승리를 확인한 금발소녀가 피식 웃었다.

"내가 이겼어요!"

유이카의 물총이 기세 좋게 물을 분사했고 사유키의 풍만한 가슴 부위를 명중했다.

물을 직격으로 받은 큰 가슴이 출렁출렁 흔들렸다.

"안 돼에에에!!"

"사유키 선배, 너무 약해!!"

남자의 본능인가, 그 순간을 놓치지 않으려 예민해진 동체시력이 사유키의 가슴이 흐트러지듯 흔들리는 모습을 슬로우 모션으로 제공해주었다. 정말 감사합니다.

물총 때문에 가슴이 찌그러진 사유키는 그 자리에 털썩 주저앉았다.

뺨을 붉게 물들이고 눈물을 머금은 눈으로 '하아, 하아' 하고 숨을 내쉬는 모습은 왠지 굉장히 외설스러웠다.

"승자, 코가 유이카!"

심판인 마오가 소리 높여 선언했다.

적대하는 마녀를 욕보여서 만족한 것인지 유이카는 웃는 얼굴로 총구의 연기를 부는 포즈를 취했다.

"후후후, 또 쓸데없는 걸 맞히고 말았네요."

이렇게 승자가 된 유이카가 케이키와 놀 권리를 손에 얻었다.

결투에 승리한 유이카와 함께 케이키는 워터 슬라이드로 향하게 되었다.

패자인 사유키는 자주적으로 파도풀로 이동했고 마오는

풀 사이드에서 사악한 스케치.

미즈하는 방해꾼은 퇴장하겠다는 쓸데없는 배려를 보여주며 어딘가로 가버렸다.

"꽤 높네, 이 계단."

"그러네요. 비교적 미끄럼틀이 꽤 크네요."

계단을 끝까지 올라가 줄을 서자 금방 순서가 돌아왔다.

우선 케이키가 슬라이드 스타트 지점에 앉았다.

그러자 그 무릎 위에 유이카가 엉덩이를 대고 앉았다.

"응? 거기? 거기 앉으려고?"

"뭐 어때요? 모처럼이니까 같이 내려가요."

"뭐, 난 상관없는데……."

"자, 위험하니까 제대로 안아주세요."

"아, 그래……."

유이카에게 들은 대로 매끈매끈한 배에 팔을 둘렀다.

준비가 끝나고 뒤를 돌아본 후배가 피식 미소 지었다.

"유이카를— 놓지 마세요."

"윽!"

천사의 미소에 심장이 쿵쿵 뛰었다.

몸이 닿은 상태로 심장박동 소리가 전해지진 않는지 걱정하면서 케이키는 슬라이드 스타트를 끊었다.

꼬불꼬불 구부러진 통 모양의 미끄럼틀을 흐르는 물과 함께 낙하했다.

"우와, 생각보다 빠르네……."

미끄러져 떨어지는 속도는 꽤 빨라서 남자의 케이키도 좀 무서울 정도였다.

"케이키 선배……."

갑자기 몸을 반전시킨 유이카가 그를 끌어안았다.

그것도 케이키의 머리를 가슴으로 끌어당긴 형태로 가는 팔에 힘을 꽉 주었다.

"잠깐, 유이카?! 왜 그래?!"

"시, 실은 유이카……워터슬라이드 싫어해요."

"뭐라고?!"

"어릴 때 혼자 미끄러진 이후 좁고 빠른 게 트라우마가 돼서!"

"그럼 왜 이걸 탄 거야?!"

"이제 컸으니까 괜찮을 것 같아서요!"

"그런 자신감은 대체 어디서 나오는 건데?"

트라우마는 쉽게 극복할 수 없기 때문에 트라우마였다.

"저기, 잠깐만! 앞이 안 보이는데?!"

고속으로 내려가는 슬라이드에서 앞이 보이지 않는 건 꽤 커다란 공포였다.

"그리고 가슴! 부드러운 가슴이, 아아아아아!"

왜소하지만 부드러운 가슴에 얼굴이 꽉 눌린 채 작은 여자의 매력이 어떤 것인지를 맛보면서 맞이한 미끄럼틀의

출구.

유이카의 가슴에 시선이 막힌 상태로 수영장으로 내던져진 케이키는 물을 먹고 말았고 하마터면 물에 빠질 뻔했다.

흠뻑 젖은 후배와 함께 어떻게든 풀 사이드로 올라와 가빠진 숨을 진정시켰다.

"하아, 하아……가슴을 즐긴 대가로 목숨을 바칠 뻔했어……."

"가슴이라니……아……."

슬라이드에서 케이키의 머리를 가슴으로 끌어안고 있었던 걸 겨우 깨달은 것 같았다.

수영장 가장자리에 앉아 있던 유이카의 뺨이 순식간에 붉어졌다.

"뭐야, 또 케이키 선배에게 창피를 당했어……."

"이번에는 유이카의 자폭이잖아. 트라우마가 될 정도로 싫어하면서 도전했으니까."

"으윽……하지만 어차피 글래머를 좋아하는 선배니까 유이카로는 만족할 수 없는 거 아닌가요?"

"어째서?"

삐친 듯 외면해버린 후배의 머리를 쓰다듬었다.

"유이카는 지금 이대로도 충분할 정도로 귀여워."

"윽?!"

케이키의 말에 유이카의 새하얀 뺨이 사과처럼 새빨개

졌다.

"……정말 케이키 선배는 노예 주제에 건방져요……."

작은 목소리로 중얼거리며 일어나 그녀는 빙글 등을 돌렸다.

"……유이카는 저 근처에서 잠깐 머리 좀 식히고 올게요."

"뭐? 잠깐, 유이카?"

말릴 세도 없이 금색 머리칼을 휘날리며 유이카는 달려가 버렸다.

빨개진 볼을 자그마한 손으로 열심히 숨기면서.

"가버렸네……어쩌지?"

후배가 자신을 두고 가버린 바람에 수영장에서 외톨이가 되고 말았다.

그때 바로 옆에서 이용객이 모여서 무언가 웅성거리고 있는 걸 깨달았다.

"……뭐, 뭐야, 이게……?"

거기 있던 건 먹으로 쓰였다고 생각되는 커다란 낙서.

"K에게. 파도풀에서 기다릴게. 너의 S선배로부터."

수영장 벽에 쓸데없이 유려한 글자로 써진 메시지.

슬라이드를 내려온 후에 눈에 들어오도록 교묘하게 계산해 배치된 그건 명백하게 토키하라 사유키의 짓이었다.

케이키가 파도풀로 찾아갔을 때 흑발의 상급생은 풀 사이드에서 쉬고 있었다.

양팔로 무릎을 감싸 안고 앉아 있던 사유키는 다가온 후배에게 공격적인 시선을 보냈다.

"어머, 케이키, 우연이네."

"이런 인위적인 우연은 없을걸요. 아니, 멋대로 낙서를 하면 안 되잖아요."

"먹이니까 물을 끼얹으면 지워질 거야."

"제가 지웠거든요?"

낙서는 책임을 지고 케이키가 깨끗하게 지웠다.

청소작업 중엔 왠지 장난친 이후의 어린아이처럼 부끄러웠다.

"코가와의 미끄럼틀 데이트는 즐거웠어?"

"……왠지 말에 미묘하게 가시가 섞여 있는 것 같은데요?"

"아닌데?"

퉁명스럽게 얼굴을 돌리는 상급생.

"케이키가 옆에 없어서 모르는 남자들이 몇 번이나 말을 걸었단 말이야."

"아― 사유키 선배는 미인이니까요."

이런 미인이 수영장에 혼자 있으면 말을 걸고 싶어지는 게 당연했다.

"정말 성가셔. 내 몸과 마음은 이미 케이키의 것인데."

"오해를 불러일으킬 만한 발언은 삼가주세요."

"그런 사람들은 어차피 내 가슴이 목적이잖아? 이 제멋대로인 가슴을 원하는 대로 주무르고 말로 내뱉는 것도 꺼려질 정도로 음란한 짓을 하고 싶은 것뿐이면서. 뭐야, 그게. 기분은 나쁜데 상상하니까 좀 흥분이 돼!"

"응. 일단 자중하시죠? 어린 아이들도 있으니까."

사유키는 좀 불쾌해 보였다.

유이카와 워터슬라이드로 가서 화가 난 거겠지.

"사유키 선배는 왜 파도풀에?"

"딱히 상관없잖아. ……파도풀 좋아하니까."

"흐음, 무슨 이유라도 있어요?"

"……옛날에 아빠가 딱 한 번 바다에 데려가 준 적이 있거든. 난 운동신경이 없어서 수영을 못했지만 아빠가 계속 내 손을 끌어줬어. 그게 굉장히 기쁘고 즐거워서 계속 잊을 수 없었지."

인공적으로 만들어진 파도를 바라보는 그녀는 이 광경과 기억 속 바다를 겹쳐보고 있는 걸지도 모르겠다.

"잠깐, 사유키 선배는 수영 못 하세요?"

"으……응. 운동신경이 나빠서 미안해."

"아, 그렇구나. 수영을 못 해서 이런 곳에서 토라져 있는 거군요."

"……오늘 케이키는 평소보다 더 짓궂은 것 같아."

어린애 같은 상급생에게 피식 웃어 보이고 케이키는 그녀에게 손을 내밀었다.

"자, 오늘은 내가 손을 끌어줄 테니까 같이 들어가요."

"……응."

둘이서 파도풀로 들어가 케이키는 사유키의 양손을 부드럽게 잡았다.

그대로 등을 돌려서 그녀의 손을 끌면서 수영장 중심까지 걸어갔다.

그동안 느릿한 파도가 몇 번이나 다가왔고 어깨까지 물에 잠길 때마다 사유키는 불안한 듯 케이키의 손을 꽉 잡았다.

"노, 놓으면 안 돼……."

"안 놓을게요."

귀여운 요구에 대답한 그때, 한층 더 높은 파도가 두 사람을 덮쳤다.

"으아악……?!"

"꺄악?!"

둘이 사이좋게 머리부터 물을 뒤집어썼고 사유키는 강아지처럼 머리를 흔들며 웃었다.

"후후, 방금 그건 굉장했어."

"아니, 웃을 일이— 으아앗?!"

정말 웃을 일이 아니었다.

흑발 상급생의 몸에 지극히 중대한 문제가 발생하고 말았기 때문이다.

"잠깐, 사유키 선배, 수영복이⋯⋯."

사유키의 비키니가 있어야 할 곳에 있지 않았다.

가릴 것이 사라진 큰 가슴이 있는 그대로의 모습으로 거기 있었다.

"사유키 선배, 가슴! 가슴을 가려요!"

"⋯⋯뭐? 아⋯⋯."

드디어 비키니의 분실을 눈치 챈 그녀의 얼굴이 순식간에 빨개졌다.

팔로 가리거나 수영장에 몸을 담그는 등 취할 수 있는 대책은 많았는데 예측할 수 없는 사태에 혼란스러워졌는지 사유키는 순간적으로 반응하지 못했다.

"서, 선배, 미안해요!"

무방비한 모습을 아무에게도 보여주고 싶지 않아서 케이키는 사유키를 와락 끌어안았다.

"케, 케이키⋯⋯?!"

"죄송해요. 긴급사태니까 좀 참아주세요."

생생한 가슴의 감촉이 이성을 애태웠지만 지금은 그럴 때가 아니었다.

"그러니까 이제 어떻게 해야 하지⋯⋯?"

수영복을 찾아야 했지만 방심한 상태인 사유키를 이대로 둘 순 없었다.

보급이 끊어진 전장 같은 상황.

그때 구원의 손길을 뻗은 건 보급병이 아니라 빨간 머리의 여자아이였다.

"……당신들, 사람들 앞에서 뭐 하는 거야?"

지나가던 마오가 질린 말투로 말을 건넸다.

이때 케이키에겐 차가운 시선을 보내는 동급생이 여신처럼 보였다.

"난죠! 마침 잘 왔어! 선배 수영복 좀 찾아줘!"

"아, 그런 거였어? 오케이."

그 말만으로 사태를 파악한 마오는 파도풀로 들어가 흘러가버린 비키니 수색을 개시했다.

마오가 수영복을 찾을 때까지 케이키는 사유키를 계속 끌어안고 있었다.

파도에 휩쓸려간 수영복은 금방 찾았고 비키니를 다시 장착한 사유키는 풀 사이드에서 구세주인 마오에게 머리를 숙였다.

"난죠, 수영복을 찾아줘서 고마워."

"아뇨, 아니에요. 보물찾기 같아서 재미있었어요."

운동신경이 안 좋은 사유키와는 달리 화려한 헤엄으로 수영복을 찾아낸 마오는 인어 같았다.

"케이키도……저기, 지켜줘서 고마워."

"아뇨, 오히려 그런 방법밖에 생각해내지 못해서 죄송

해요."

"아니, 그렇지 않아. 굉장히 기뻤어."

"네?"

무심코 사유키의 얼굴을 보자 그녀는 체리처럼 빨개져 있었다.

"으……아, 난 잠깐 좀 쉴게."

"네? 아, 사유키 선배?!"

종종걸음으로 그 자리를 벗어난 상급생.

그 등을 멍하니 바라보던 남자에게 마오가 어이없는 듯한 시선을 보냈다.

"키류도 죄가 많은 남자구나……."

"무슨 의미야?"

"말 그대로의 의민데. ……뭐, 넌 그대로도 괜찮으려나?"

"?"

혼자 납득해버린 여자 친구를 바라보며 죄가 많은 남자는 고개를 갸웃거렸다.

"그러고 보니 난죠, 스케치는? 다 그렸어?"

"아─ 응. 흥에 겨워 중요한 장면을 그리고 있는데 스태프한테 걸려서. 하마터면 출입금지가 될뻔했어."

"사람들 앞에서 19금 그림은 안 되지……."

사유키의 가슴이 살짝 보였던 것만큼의 소동이 일어날 테니.

마오가 그리는 세계는 아이들이 보면 트라우마가 될 법한 레벨의 위험물이었다.

다루려면 주의가 필요했고 함부로 공개해도 되는 게 아니었다.

"스케치북도 몰수당했고 그냥 놀 생각이었어. 모처럼 왔으니까 수영 한 번 안 하면 아깝잖아. 마침 잘됐는데 같이 놀자."

"좋아, 그런데 어디로 갈 거야?"

"음─ 수영만 할 수 있다면 평범한 풀장도 괜찮지 않을까?"

그렇게 말하며 걷기 시작하는 마오를 케이키도 따라갔다.

"그러고 보니, 소녀만화 콘티는 어때?"

"아─ 응…… 뭐, 분투 중이야. 좀 어려워서. BL 만화라면 일단 삽입하면 분위기가 살아나는데 소녀만화는 그런 것도 안 되고."

"당연하지……."

"이야기를 만드는 게 어렵다는 걸 다시 한 번 느꼈어. 그런 의미에선 유이카도 굉장하지만. 그 아이의 세계관은 좀처럼 따라할 수 있는 게 아니거든."

"그건 참고해선 안 되는 재능이야."

그림책과 SM의 하이브리드라던가 시대를 너무 앞서나가는데 대체 어디에 수요가 있는 건지 모르겠다. 귀여운 그림과 내용의 갭도 굉장하고. 공주님이 왕자를 조교하는 이야기는 이상하게 리얼리티가 있어서 독자를 다양한 의미로 오싹하게 만들었다.

"그렇지, 키류가 또 취재에 협조해준다면 작업도 순조롭게 진행될지 몰라."

"뭐, 그 정도라면 협조할게."

"정말? 좋았어."

평소의 점잖은 표정과는 달리 천진난만한 미소를 보여주었다.

그 직후 젖은 바닥을 밟은 마오의 발이 미끄러졌다.

"으악?!"

"위험해."

밸런스가 무너진 마오의 등이 케이키의 가슴에 폭 안겼다.

순간적으로 끌어안은 어깨는 놀라울 정도로 연약했고 허물없는 사이인 동급생의 여성스러운 부분에 당황하고 말았다.

"괘, 괜찮아?"

"아……응. ……고마워."

"자, 넘어지면 위험하니까."

케이키는 마오의 손을 잡고 이동을 재개했다.

남자의 손에 끌려가면서 마오는 이어진 손을 빤히 바라보며

"……정말 키류는 치사해."

이쪽 마음을 눈치 채지 못한 채 기습적으로 두근거리게

만드는 둔감한 녀석에게 불만과 기쁨과 여러 가지가 섞인 감정을 한 마디로 표현했다.

마오와 평범한 풀장에서 헤엄을 친 후 케이키는 혼자 온수풀로 걸음을 옮겼다.

거기 있던 건 커다란 튜브에 몸을 맡긴 여자아이.

깔끔한 걸 좋아하고 목욕을 아주 좋아하는 그녀라면 분명 여기 있을 거라고 생각했다.

튜브에 의지해 둥실둥실 떠다니면서 콧노래를 부르며 완벽하게 긴장을 푼 상태로 온수를 즐기고 있는 미즈하에게 풀 사이드에서 말을 걸었다.

"역시 여기 있었구나."

"어라? 오빠?"

오빠를 발견한 미즈하는 튜브에서 내려와 천천히 다가왔다.

─웬일인지, 양손을 등 뒤로 숨기고.

"오빠 혼자야? 다른 사람들은?"

"각자 단독행동 중. 난죠는 배가 고프다면서 푸드 코트로 갔어."

"그래? 그럼 오빠도 이리 와. 꽤 느낌이 좋아."

"그래. 모처럼이니까……오오, 따뜻하네."

수심은 케이키의 배 정도까지로 너무 깊지 않았다.

지금까지 차가운 수영장에 들어가 있었기 때문에 온수가 기분 좋았다.

"그러고 보니, 이 수영복, 사줘서 고마워."

"마음에 들어?"

"응. 귀여워서 좋아."

"그거 다행이네. 구입할 때 죽을 만큼 부끄러워한 보람이 있구나."

"오빠는 용사야."

"다음에는 속옷 선물도 검토하고 있어."

"으―음, 역시 그건 좀 아닌 것 같은데."

"아하하. 그렇겠지―."

곤란한 듯 웃는 미즈하를 바라보며 케이키도 웃음을 흘렸다.

그렇게 사이좋은 남매의 광경은 오빠의 얼굴을 물이 덮치는 걸로 끝을 고했다.

"으갸갸갸갸갸갸갸갸?! ―무, 무슨 짓이야?!"

물이 끊긴 타이밍에 상황을 확인하자 어느 샌가 미즈하의 손에 유이카와 사유키가 쓰던 것과 똑같은 물총이 들어 있었다.

"……미즈하 씨? 그 물총은 뭐죠?"

"빌렸어. 오빠가 오면 쓰려고."

"왜 오빠를 노린 거야?"

"기분이 안 좋아서 해봤어."

"혹시 늦게 찾아온 반항기?!"

"귀여운 여동생을 내버려두고 다른 여자들과 놀고 있던 오빠가 잘못한 거야."

입술을 삐죽거리며 휙 얼굴을 돌려버리는 미즈하.

이건 질투하고 있다고 자백한 것과 마찬가지였다.

(……정말 귀여운 생명체야.)

자기 동생의 귀여움은 세계 제일이라고 생각하는 동생 바보였다.

"좀 안아 봐도 돼?"

"안 돼. ……하지만 나와도 놀아준다면 허락해줄게."

"물론이지!"

"아, 하지만 그 전에 튜브를 가지고 와야겠어."

여동생의 시선 끝에 방치된 튜브가 보였다. 그 아이템을 회수하기 위해 걸어서 이동하려던 미즈하가 갑자기 '아얏?!' 이라고 소리 질렀고 얼굴은 고통으로 일그러졌다.

"미즈하? 왜 그래?"

"앗……다리에 쥐가 난 것 같아."

"괜찮아?"

"응……별로 깊지 않은 풀이라 다행이야."

다부지게 행동하는 미즈하였지만 그 눈에는 희미하게 눈물이 맺혀 있었다.

미즈하는 옛날부터 주위에 걱정을 끼치지 않기 위해 몸이 아파도 참아버리는 경향이 있었다. 그건 몸이 아플 때만이 아니라 마음에 관한 것도 똑같았다.

열이 났을 때나 우울해졌을 때도 자세히 보지 않으면 알아차리지 못했다.

"미안해. 금방 나을 것 같은데 좀 기다려 줄래?"

"바보. 그런 얼굴을 하고 있는 여동생을 내버려둘 수 있을 리가 없잖아."

"뭐? ……아앗?"

문답무용으로 미즈하의 몸을 안아 올렸다.

상대의 어깨와 다리를 팔로 들어 올리는 이른바 공주님 안기였다.

"오빠, 굉장하다."

"이 정도는 별것 아니야. 미즈하는 가벼우니까."

"다행이야. 무겁다는 말을 들었으면 오늘 밤부터 밥이 샐러드로 바뀌었을 텐데."

"과도한 다이어트는 몸에 안 좋아."

"……전에도 이런 일이 있었지?"

"전에?"

"어릴 때. 넘어져서 다친 나를 오빠가 업고 옮기려고 했잖아. 어린아이의 힘으로는 절대로 할 수 없는 일인데 그래도 오빠는 포기하지 않았어. 결국 아빠랑 엄마가 도와줬지만……그때의 일이 갑자기 떠오르네."

"난 전혀 기억 안 나는데."

"정말 어릴 때니까."

속삭이듯 중얼거리며 '후후' 하고 겸연쩍은 듯 미즈하는 웃었다.

"옛날에는 비슷했는데 오빠가 이렇게 커졌구나. 하긴 오빠도 남자니까."

"미즈하도 컸잖아. 가슴이랑 엉덩이가."

"오빠 야해."

시시한 농담을 주고받으며 미즈하를 옮겨 수영장 가장자리에 앉혔다.

"당분간 쉬는 게 좋겠어. 난 튜브를 갖고 올게."

"응, 고마워. ……아, 오빠?"

"응?"

미즈하의 부름에 고개를 돌리자 미즈하가 빤히 이쪽을 바라보고 있었다.

뺨을 붉히고. 열에 들뜬 듯 촉촉한 눈동자로.

"미즈하……?"

귀여운 여동생이 지근거리에서 바라보자 왠지 가슴이 두근거렸다.

(……잠깐, 왜 여동생을 상대로 두근거리는 거야?)

미즈하는 무언가를 말하고 싶은 듯 몇 번이나 입을 열었

229

다 다시 닫기를 반복했다.

전하고 싶은 게 있었지만 말하기를 주저하는 듯 보였는데 그 갸륵한 행동이 다시 케이키의 심장박동을 빠르게 했다.

"저기, 오빠? ……나……나 말이야."

꽉 쥔 손을 자신의 가슴에 대고 결심을 한 듯 그녀가 입을 열었다.

"오빠가 남자를 좋아해도 괜찮아!"

"……뭐?"

시간이— 정지했다.

"……미안, 미즈하. 오빠가 잘 못 들은 것 같은데 다시 한 번 말해줄래?"

"오빠가 남자를 좋아해도 괜찮다고 했어!"

"그게 무슨 말이야?!"

사랑하는 동생에게 자신이 어느 샌가 남자를 좋아하는 사람으로 되어 있었다.

너무 당돌한 대화 전개에 이성이 따라가질 못하고 있었다.

"오늘 마오가 그렸다는 만화를 봤어."

"뭐?!"

"설마 마오가 만화가일 줄이야, 깜짝 놀랐어. 굉장히 그림을 잘 그리더라."

"어, 어떻게 미즈하가 난죠의 만화를……."

"아, 응. 수영복에 대한 조언을 해준 보답으로 탈의실에서 토키하라 선배가 줬어."

"사유키 선배가아아아아아아?!"

지금만큼 그 멋진 엉덩이를 손바닥으로 때리고 싶다고 생각했던 적은 없었다.

아무래도 그 글래머에게는 가혹한 체벌이 필요할 듯싶었다.

미즈하는 이미 사유키와 유이카의 성벽을 알고 있었다.

하지만 마오가 부녀자라는 진실만은 필사로 숨겨왔다.

자신이 모델인 BL 만화의 존재를 귀여운 여동생에게 알리고 싶지 않았으니까.

(일생일대의 실수……설마 미즈하에게 알려질 줄이야……!)

케이키의 갈등을 뒷전으로 한 채 미즈하는 뺨을 화르륵 붉혔다.

"그런 책을 본 건 처음인데 뭔가 굉장히 자극적인 세계였어."

"돌아가! 그 신세계의 문은 열면 안 돼!"

귀여운 여동생이 마오처럼 썩어가는 모습은 절대로 보고 싶지 않았다.

(돌아가면 동인지를 몰수해서 문서 절단기로 갈아버리겠어.)

마오가 가져온 썩은 유산은 미즈하에겐 필요 없는 것이었다.

오빠는 여동생을 지키기 위해 농밀한 동인지를 처분하기로 굳게 마음먹었다.

"난 오빠가 남자를 좋아해도 편견을 갖지 않을 거야. 오히려 응원할게."

"난 지극히 정상이야! 그 동인지는 픽션이거든!"

"하지만 토키하라 선배는 오빠가 기분 좋게 모델을 하고 있다고 말했는걸?"

"좋아, 사유키 선배는 체벌 확정이네."

그 사람의 경우 오히려 기쁘게 받아들이겠지만 이대로 용납할 수는 없었다.

도M인 변태조차 울며 용서를 빌 만한 무시무시한 체벌을 집행하고 자신이 범한 죄의 무거움을 깨닫게 할 필요가 있었다.

※비보, 자신이 모델인 BL 책의 존재가 여동생에게 알려지고 말았습니다.

시각은 오후 2시를 지나고 있었다.

늦은 점심을 먹기 위해 서예부 멤버는 관내의 푸드 코트로 모였다.

원형 테이블에 케이키부터 시계 방향으로 사유키, 유이

카, 마오, 미즈하 순서로 앉아 있었지만 어쩐지 어색한 분위기가 감돌고 있었다.

"……."

"……."

"……."

사유키는 야키소바를 먹으면서 힐끔힐끔 곁눈으로 케이키를 살폈다.

유이카는 크레이프를 조심스럽게 먹으면서 힐끔힐끔 눈을 치켜뜨고 케이키를 보았다.

마오는 스마트폰을 만지는 척하면서 역시 케이키를 확인하고 있었다.

즉 서예부 여자부원들이 모두 케이키를 의식하고 있었다.

(……대체 뭐야? 이 상황?)

수영복 차림의 귀여운 소녀들이 빤히 바라보고 있다는 수수께끼 같은 상황에 케이키는 머리를 갸우뚱거렸다.

굳이 말할 것도 없이 수영장 안에서 K씨와의 사이에서 일어난 많은 해프닝들이 원인이겠지만 장본인은 긴장상태의 이유를 모른 채 불편한 모습으로 타코야키를 입으로 옮겼다.

그런 미묘한 분위기 속에 오른쪽에 앉은 미즈하가 작은 목소리로 오빠에게 말을 걸었다.

"……오빠, 사람들한테 무슨 짓을 했어?"

"……아니, 전혀 짚이는 게 없는데."

"그래? ─아, 오빠도 크레이프 먹을래?"

"그럼 한입만……덥석. 우물우물."

"맛있어?"

"응. 맛있어."

"오빠, 뺨에 크림 묻었어."

"어디?"

"여기. 닦아줄게."

"으응, 고마워."

케이키의 뺨에 묻은 크림을 미즈하가 종이 냅킨으로 닦아
냈다.

옆에서 보면 커플로밖에 생각할 수 없는 거리감은 이 남
매가 아니고선 느낄 수 없는 것.

시스터 콤플렉스인 오빠처럼 여동생도 꽤 브라더 콤플렉
스라는 걸 보여주고 있었다.

그런 두 사람의 모습을 보고 있던 멤버들은 모두 어이없
어했다.

"……어떻게 봐도 커플이네."

"……옆에서 볼 때 남매라고는 생각할 수 없는 느낌이
네요."

"……시스터 콤플렉스."

사유키와 유이카와 마오가 각각 본인의 생각을 말했다.

"네, 네. 저는 동생 바보예요. 미즈하를 이 세상에서 가장 사랑하죠."

"오빠, 그런 말을 사람들 앞에서 하다니, 부끄러워……."

부끄럽다고 하면서 아주 싫지만은 않은 듯한 여동생이 너무 귀여워서 괴로울 정도였다.

그런 남매를 보는 다른 세 사람의 시선이 얼음처럼 차가워졌다.

"……여동생의 브라더 콤플렉스도 상당하네."

"……잘 먹었습니다."

"……잠깐? 미즈하를 여성적인 외모의 남자로 바꾸면 괜찮을지도?"

"잠깐만. 마지막 발언은 그냥 넘길 수 없을 것 같은데."

"프로필은 케이크의 남동생으로 하고, 이름은 '미즈키'로 말투는 남성스럽게 하면……후후……큭큭큭큭큭큭"

"돌아와! 보이즈 러브의 세계에서!"

미즈하까지 BL 만화의 모델로 만드는 건 용인할 수 없었다.

미즈하를 모델로 한 동생 캐릭터는 물론 귀여운 미소년이 되겠지만 케이키와 끈적끈적한 느낌으로 얽힐지도 모른다고 생각하면 논리적으로 용납되지 않았다.

케이키를 비롯한 학생들이 시끄럽게 식사를 하고 있는데 '딩동댕동'하고 맥이 빠지는 호출벨소리가 울렸고 여성의 목소리로 관내 방송이 시작됐다.

"—오늘 오후 3시부터 관내 특설 스테이지에서 이용객들 참가형 이벤트 대회를 개최합니다. 우승자에게는 호화 상품도 있습니다. 여러분, 꼭 들러주세요."

마지막에 한 번 더 같은 알림이 반복되고 관내 방송이 끝났다.

"흐음, 이벤트가 있구나."

"그러네요. 다 같이 보러 갈까요?"

"네—? 유이카는 별로 흥미 없어요."

"나도 별로 흥미 없어."

책과 케이키 이외에는 흥미가 없는 유이카와 BL 외에는 기본적으로 흥미가 없는 마오가 함께 소극적인 의사표명을 했다.

미즈하는 특별한 의견이 없는 건지 묵묵히 크레이프를 먹고 있었다.

그때, 왠지 익숙한 목소리가 케이키의 귀에 울렸다.

"—이벤트에 참가하지 않으시겠어요? 이벤트에 참가하지 않으시겠어요?"

시선을 옮겼을 때 거기 있던 건 부드러운 머리칼을 양 갈래로 땋은 작은 여자아이.

학교 수영복 차림의 그녀는 전단지를 손에 들고 지나가는 여성 고객에게 열심히 말을 걸고 있었다.

"커헉?! 잠깐, 뭐야?!"

"키류! 도와줘요"

"네? 코, 코하루 선배?!"

여자의 정체는 학교 수영복으로 몸을 감싼 오오토리 코하루(고3)였다.

여전히 작고 귀여워서 조심스럽게 말하자면 초등학생으로밖에 볼 수 없었다.

가슴에 붙은 표지 속 '코하루'라고 쓴 문자가 초등학생 같은 모습에 박차를 가했다.

"케이키 선배, 그 아이는 누구예요"

"아, 유이카는 모르겠네. 여긴 우리와 같은 학교 학생인 오오토리 코하루 씨. 이렇게 보여도 3학년 선배야."

"네? 정말요? 유이카보다 작은데⋯⋯."

"아키야마랑 자주 같이 있는 아이지? 선배라고는 생각되진 않는데⋯⋯."

찬찬히 코하루를 바라보는 유이카와 마오.

케이키에게서 떨어진 코하루가 꾸벅 하고 고개를 숙였다.

"처음 뵙겠습니다. 오오토리 코하루라고 합니다. 키류의 말대로 이렇게 보여도 3학년이에요."

코하루는 케이키를 통해 서예부 멤버를 어느 정도는 알고 있었지만 동급생인 사유키 이외의 여자부원과는 처음 얼굴을 마주하는 것이었다.

가벼운 인사를 끝내자 케이키가 이야기를 다시 되돌렸다.

"그런데 코하루 선배, 도와달라니 무슨 말이에요?"

"실은 내가 이 수영장에서 아르바이트를 하고 있는데."

"아르바이트? 코하루 선배는 분명 부잣집 따님 아니었어요? 아르바이트가 필요해요?"

"아뇨, 저기……실은 선물을 주고 싶은 남자가 있어서……."

"아, 그렇군요."

요컨대 직접 번 돈으로 쇼마에게 선물을 주고 싶은 거였다. 쇼마가 부럽네.

"그래서 저기, 아르바이트 첫날 갑자기 이벤트 운영을 맡고 말았는데 참가 희망자를 전혀 찾을 수 없어요! 난 지금 성냥팔이 소녀와 같은 기분이에요!"

"아……."

그건 안타까웠다.

차가운 겨울 하늘 아래를 누비며 다니는 소녀의, 아무도 성냥을 사주지 않는 슬픔은 동정할 만했다.

전단을 손에 들고 모집을 권해도 아무도 참가하지 않는 코하루의 슬픔도 상당한 것이겠지.

"난 이벤트에 대해선 잘 모르지만 참가자가 왜 그렇게 모이지 않는 거예요?"

케이키의 질문에 코하로의 얼굴이 어두워졌다.

"아마 우승경품이 너무 아쉬운 게 원인인 것 같아요."

"우승경품?"

"부엌용 세제 하나거든요."

"겨우?!"

상상을 훨씬 뛰어넘을 정도로 맥이 빠졌다.

이야기를 듣고 있던 유이카도 미묘한 표정을 지었다.

"그래서야 모이지 않는 게 당연하겠네요."

"그렇겠죠……. 적어도 10개 정도 줬으면 좋았을 텐데."

"그런 문제가 아닌 것 같은데……."

장례식 같은 분위기 속에서 마오가 뭔가를 깨달은 듯 입을 열었다.

"어라? 하지만 아까 관내 방송을 하지 않았어? 참가자가 모이지도 않았는데."

"맞아요. 담당자가 참가자가 없어도 개최하겠다는 말을 꺼내서. 이대로 아무도 참가해주지 않으면 제가 혼자 이벤트 분위기를 고조시켜야 해요……."

아무래도 코하루는 정말 곤란한 것 같았다.

모르는 사이도 아니고 친구의 여자 친구(가짜)이기도 한 코하루를 내버려둘 순 없었다.

"아……그럼 제가 참가할까요?"

"아쉽지만 참가할 수 있는 건 여자들뿐이에요."

"설마 여성 한정일 줄은 몰랐는데……그럼 전 무리겠네요."

"아, 하지만 비키니에 여장을 하면 어떻게든 될지도."

"역시 그건 싫은데요?"

유이카가 바니 의상을 입혔던 악몽이 되살아났다. 그 비극을 반복할 순 없었다.

"그럼 우리가 참가할까?"

도움의 손을 내민 건 사유키였다.

"저, 정말요? 토키하라가 참가해줄 거예요?"

"으응. 나뿐만 아니라 서예부 여자 부원 모두 참가할게."

"잠깐, 마녀 선배?! 왜 멋대로 결정하는 거예요?!"

"뭐야, 그게. 난 못 들었는데!"

멋대로 인원수에 포함되어 화를 내는 유이카와 마오.

당연한 항의도 시치미 떼는 얼굴로 받아넘기고 흑발의 상급생은 또 한 명의 여자아이에게 시선을 보냈다.

"모처럼이니까 미즈하도 참가해보지 않을래?"

"나도요?"

갑자기 희생자로 뽑혀 멀뚱거리는 미즈하.

가장 사랑하는 여동생까지 휘말렸으니 케이키도 가만히 있을 순 없었다.

"잠깐, 사유키 선배, 참가한다고 해도 아직 어떤 이벤트인지 모르잖아요. 수영복 콘테스트 같은 불건전한 이벤트면 미즈하는 참가시킬 수 없어요."

"너, 동생을 너무 과보호하는 거 아니야? 오오토리, 이벤트의 개요를 설명해주지 않겠어?"

"물론이죠."

학교 수영복을 입은 소녀가 고개를 끄덕이며 모두 앞에서 설명을 시작했다.

"이 이벤트는 저속한 건 아니에요. 지극히 건전한 여름과 어울리는 기획으로 예를 든다면 여성스러움을 겨루는 소녀들의 전쟁! 그게 이 이벤트라고 할 수 있죠!"

소리 높이 강조하며 코하로는 손에 들고 있던 전단을 탁! 테이블 위에 놓았다.

거기에는 '두근☆귀여운 여자 대집합! 사랑스러운 고백 대회!'라는 표제어가.

"이용객에게 마음에 드는 남자가 있다고 상정하고 정말 불타오르는 사랑의 고백을 할 수 있는지 서로 경쟁하는, 여자들에 의한 에어 고백 대회예요!"

"왠지 저렴해 보이는 이벤트네……."

대충 기획한 느낌이 물씬 나는 진부한 콘셉트가 불안을 불러일으켰다.

아니, 참가자가 모이지 않는 건 이벤트 내용이 원인인 건 아닐까?

"유이카는 그런 대회에 나가고 싶지 않은데요……."

"난 갑자기 돌아가고 싶어졌어……."

유이카와 마오가 불만을 호소했고

"이렇게 부끄러운 이벤트에 참가하다니, 왠지 벌칙 같아서 오싹거려."

"그런 일로 기뻐할 수 있는 건 사유키 선배뿐이라니까요."

천성적인 마조히스트의 기운을 발휘하는 사유키에게 케이키가 태클을 걸었다.

"정말 모두 다 제멋대로네. ―그럼, 이런 건 어때? 이벤트 우승자에겐 케이키에게 딱 한 번 뭐든 명령할 수 있는 절대 명령권을 진상하는 거야."

"네?! 저요?!"

사유키의― 제안에 여자들의 눈빛이 바뀌었다.

"유이카, 참가할게요!"

"나도 참가해볼까?"

"물론 나도 참가할 거야."

"오빠가 경품이라면 나도 참가할까?"

새로운 우승경품 추가로 여자들의 동기는 급상승.

이렇게 여자 멤버 전원의 이벤트 참가가 결정되었다.

평소에는 아이들을 위한 히어로 쇼가 이뤄지는 스테이지는 생각보다 화려했다.

여자 멤버들을 배웅한 후 케이키는 스테이지 앞에 설치된 긴 의자에 앉아 이벤트 개시를 기다리고 있었다.

이벤트를 보려는 사람들이 그런대로 있는 정도라 자리는 거의 채워져 있는 상태였다.

대부분이 남성 이용객인 건 이벤트 취지가 원인이겠지.

그리고 오후 3시 정각, 사회자로 생각되는 인물이 무대 위로 올라왔다.

"여러분, 안녕하세요! 오늘은 이렇게 모여 주셔서 진심으로 감사합니다!"

마이크를 손에 들고 학교 수영복 차림으로 나타난 건 굉장히 체구가 작은 어린애 같은 여자아이였다.

"사회는 저, 오오토리 코하루가 맡게 되었습니다!"

코하루의 등장에 관객들 사이에서 '초등학생에게 일을 시키지 마!'라던가 '노동법 위반이야!'라던가 '역시 로리는 최고야'라는 말들이 들렸다.

이런 곳에도 쇼마의 동료가 있는 것 같았다. 이 나라의 미래는 정말 괜찮은 걸까?

"전 이래 봬도 고등학생이에요! 내년에는 대학생이 된다고요!"

동안의 소녀가 툴툴거리면서 거짓말 같은 사실을 전하고 있었다.

코하루의 토크로 그 자리가 훈훈해졌고 바로 참가자가 스테이지에 올랐다.

수영복 차림의 사유키, 유이카, 마오, 미즈하까지 4명.

미소녀 4명의 등장에 대회장이 적잖이 술렁거렸다.

거기서 참가자 중 한 명인 사유키가 사회자에게 말을 걸었다.

"그건 그렇고 오오토리, 학교 수영복이 말도 안 될 정도로 잘 어울리네."

"감사합니다. 괜찮으면 토키하라도 입어볼래요?"

"내가 입으면 범죄 냄새가 날 테니까 안 돼."

그 의견에는 케이키도 전력으로 동의했다.

"확실히 사유키 선배의 가슴 크기에 학교 수영복은 좀 그렇겠지……."

일부분의 발육이 너무 좋은 사유키가 학교 수영복을 입는 다면 그 모습을 본 모든 남자들이 코에서 피를 흘리며 바닥에 벌렁 자빠지겠지.

"그럼 오늘의 이벤트는 여자들에 의한 고백대회입니다! 룰은 간단해요. 대회장에 좋아하는 남자가 있다고 생각하고 이 자리에서 고백하는 겁니다! 심사위원은 관객 여러분입니다! 모두의 목소리를 기계로 계측, 가장 높은 점수가 나온 여자아이가 우승하게 됩니다!"

"역시나, 알기 쉽네."

관객의 반응을 기계로 수치화.

즉 가장 남자의 마음을 간질이고 뭉클하게 만드는 고백을 한 여자가 승리하는 것.

심사위원의 심리에 영향을 받지 않는 극히 공평한 룰이라고 말할 수 있었다.

"이벤트 우승경품은 전날부터 발매되기 시작한 최신 주방 용 세제 한 개입니다!"

"고작?!"

그 자리의 모두가 자신도 모르게 태클을 걸고 말 정도로 아쉬운 경품이었다. 최신 세제라는 게 뭐 어쨌다는 건가. 달 아오르고 있던 대회장 분위기가 급격하게 가라앉았다. 당 연한 일이었다.

김새는 상품이라는 건 코하루도 이해하고 있었기에 뺨을 긁으며 보충 설명을 더했다.

"이렇게 말하는 것도 좀 그렇지만 상품이 너무나 아쉽기 때문에 처음에는 응모자가 전혀 모이지 않았습니다. 하지 만 포기하기 직전에 이렇게 귀여운 여자아이들이 4명이나 입후보해주셨습니다!"

이 설명에 관객석에서 박수가 터져 나왔고 대회장 분위기 가 다시 훈훈해졌다.

첫 아르바이트라고는 생각할 수 없는 코하루의 모습에 케 이키도 박수를 보냈다.

"그럼 바로 시작하죠! 엔트리 넘버 원! 재색을 겸비한 흑 발 미녀, 토키하라 사유키 양입니다!"

소개를 받은 사유키가 스테이지 최전선으로 나왔다.

허리까지 닿는 긴 흑발에 발군의 몸매를 가진 미소녀의 모습에 관객들이 열광했다.

"우선 자기소개부터 해볼까요?"

"토키하라 사유키입니다. 고등학교 3학년으로 학교에서는 서예부 부장을 맡고 있습니다."

"토키하라 양은 서예 콩쿠르에서 특선에 뽑힐 정도의 실력을 가지고 있죠? 그런 토키하라 양이 고백하고 싶은 남자는 누구인가요?"

"동아리 후배입니다. 한 살 연하 남학생인데 굉장히 귀여워요. 놀리면 솔직하게 얼굴이 빨개지고 늘 상냥하게 대해줘서 정말 좋아요."

참가자의 수영복에 소형 마이크가 설치되어 있는 듯 사유키의 아름다운 목소리가 스피커에서 흘러나왔고 흘러넘치는 감정과 함께 케이키 안에 깊이 스며들었다.

"사유키 선배……정말 좋아한다는 말을 들으면 또 착각하게 되잖아."

지금까지 몇 번이나 기대했다가 산산이 박살났지만 그래도 의미심장한 말을 들으면 기대하지 않고는 있을 수 없었다.

동경하는 선배가 자신을 좋아할지도 모른다고 생각하면 역시 가슴이 심하게 뛰고 만다.

"그럼 고백 타임. 후배를 향해 그 마음을 터뜨리도록 하세요!"

"알았어……."

사유키는 눈을 감고 크게 숨을 내쉬었다.

그리고 양팔을 사용해 자랑스럽게 가슴을 들어 올리고 큰 가슴을 이렇게 강조하며 요염한 시선을 관객석으로 보냈다.

아니— 명백하게 케이키를 향하고 있었다.

"나의 마음을 받아준다면 나의 전부를 너에게 줄게!"

그 순간 대회장 남성 이용객이 모두 상반신을 구부렸다.

몇 초의 침묵 후 남자들의 짐승 같은 함성이 관내를 메아리쳤다.

꽤 큰 목소리가 모이고 설치된 전자표시기가 사유키의 점수를 산출했다.

"92점! 이거 굉장하군요! 갑자기 90점대가 나왔습니다! 남성의 욕망을 정확하게 자극하는 약아빠진 발언에 건배를 청합니다!"

"사회자의 발언에서 악의가 느껴지는 건 기분 탓인가⋯⋯?"

"기분 탓이에요. 그런데 이런 미인이 좋아하는 '후배'는 행복한 사람이겠네요. 부러울 따름입니다."

물론 코하루는 '후배'의 정체를 알고 있었지만 대회장의 분위기를 돋우기 위해 사정은 모른다는 설정으로 이벤트를 진행했다.

사유키의 고백으로 흥분한 관객들과는 정반대로 케이키로서는 복잡한 심경이었다.

"번역하면 '주인님이 되어주세요'라는 의미겠지……."

사정을 모르면 틀림없이 가슴 벅찬 감동을 느낄 대사였지만 그 이면에는 '펫으로 삼아주세요'라는 비정상적인 부탁이 포함되어 있었다.

하지만 그 부탁이 진지하다는 것도 케이키는 이미 알고 있었다.

사유키의 고백에 다소 두근거리고 만 건 불가항력이라고 말할 수 있겠지.

"그럼 다음으로 넘어가죠. 엔트리 넘버 투! 금발벽안의 쿼터 미소녀, 코가 유이카 양입니다!"

금색의 머리칼과 푸른 눈동자.

자그마한 몸에 이국적인 색을 아로새긴 천사 같은 여자아이의 등장에 대회장의 열기가 상승했다.

시선을 한 몸에 받은 유이카는 기분 나쁜 듯 몸을 살짝 움직였다.

"으― 유이카는 구경거리가 아닌데……."

"코가 양은 도서위원이죠?"

"네? 어떻게 그걸 아시는 거죠?"

"저는 뭐든 알고 있어요. 으―음…… 그건 그렇고 코가 양은 정말 귀엽네요. 자그마하고. ……최대한 쇼마와 가까이

하지 않게 해야겠어……."

"네……?"

작은 목소리로 중얼거리는 코하루의 대사에 당황한 유이카.

작은 체구에 발육도 소극적인 유이카는 쇼마의 사정권 내에 있었기 때문에 코하루가 경계하는 것도 무리는 아니었다.

"크흠. 그건 그렇고 코가 양이 마음에 둔 사람은 어떤 남자인가요?"

"그러니까……같은 위원회 선배예요. 사람들을 잘 돌봐 주고 위원회 일도 친절하게 가르쳐줬죠. 게다가 유이카가 다가오는 남자들 때문에 곤란했을 때 유이카의 손을 잡고 구해내 줬어요."

그때 일을 떠올린 것인지 기쁜 듯 수줍어하는 유이카.

하지만 그 다음 순간 애처로운 표정으로 바뀌었다.

"하지만 선배 주변에는 귀여운 여자들밖에 없고 다른 여자들에게 무른 모습을 보면 굉장히 기분 나빠져요. 그래서 오늘은 선배에게 말하고 싶은 게 있어요!"

소리 높여 선언한 유이카의 그 푸른 눈동자가 곧장 케이키를 꿰뚫었다.

"선배! 유이카 이외의 여자에게 꼬리를 흔들면 용서 안 할 거예요!"

천사의 입술이 연주한 건 '선배'의 소유권을 주장하는 투지 있는 고백.

관객석에서 터질 듯한 함성이 울려 퍼졌다.

"그럼 코가 양의 득점은— 오오! 95점! 토키하라 양의 점수를 뛰어넘었군요! 귀여운 외모와는 정반대의 투지 있는 고백이 신선한 매력을 느낄 수 있게 한 것 같군요. 이렇게 귀여운 여자아이에게 고백을 받다니 그 '선배'라는 사람이 굉장히 부러운데요!"

코하루의 총평에 '그래, 맞아!' '리얼충은 폭발해버려—' '유이카랑 트위스터 게임을 하고 싶어. 하아, 하아' 등의 목소리가 터져 나왔다. 마지막 녀석은 신속히 체포하는 게 좋겠어.

그리고 유이카의 고백이 나쁘지 않은 것 같다고 생각해버린 자신도 체포해줬으면 좋겠다.

"후후후. 유이카의 승리네요, 마녀 선배?"

"아직 모르지. 마지막으로 기적이 일어나서 나의 점수가 올라갈지도 모르고."

"그런 퀴즈 방송의 보너스 문제 같은 건 없어요."

스테이지 안으로 내려온 유이카가 사유키와 사이좋게 말다툼을 시작했지만 이벤트는 순조롭게 진행되어 갔다.

"그럼, 계속 해볼까요? 이번에는 엔트리 넘버 쓰리! 머리를 옆으로 질끈 묶은 츤데레 걸, 난죠 마오 양입니다!"

"전 츤데레가 아닌데요."

"그런 반응이 이미 츤데레인 거예요."

"네에……?"

"자, 난죠 양, 자기소개부터 해볼까요?"

"아, 그러니까……안녕하세요. 난죠 마오입니다."

"난죠 양은 그림을 굉장히 잘 그리시죠?"

"어떻게 알고 있는 거죠……?"

"난죠 양이 좋아하는 사람은 어떤 남자인가요?"

"그게……그 녀석은 같은 반 친구예요. 뭔가 같이 있으면 즐거운 녀석? 같은 느낌의. 하지만 저에게 그 녀석은 단순한 친구일 뿐만 아니라 인생에 있어서 중요한 존재라고나 할까……아아, 정말!"

말하는 동안 부끄러워진 거겠지.

보기 드물게 쑥스러워하고 있는 마오는 빨개진 얼굴로 머리를 막 쥐어뜯었다.

"어, 어쨌든 제가 하고 싶은 말은—."

고개를 든 마오가 케이키를 가리키며 단언했다.

"난 너밖에 보지 않아! 라는 거지!"

그건 정말 츤데레가 작렬하는 순간이었다.

왕도는 왕도이기 때문에 멋진 것.

불순물이 섞이지 않은 순도 100%의 츤데레는 관객들을 크게 흥분시켰다.

"오오! 무려 98점! 대회기록에 버금가는 고득점이군요!"

"이 대회, 과거에도 있었어……?"

고득점보다 그쪽이 더 놀라웠다.

"하지만 정열적인 고백이었네요! 저도 좋아하는 남자에게 '난 너밖에 안 봐'라는 말을 들어보고 싶어요!"

코하루의 말대로 확실히 정열적이긴 했지만

"난죠의 경우 BL 만화의 샘플로서 보고 있다는 의미니까……."

마오 같은 여자아이가 남자들의 농밀한 러브의 세계를 사랑하는 변태라고는 아무도 생각하지 않겠지.

가끔 느끼는 뜨거운 시선이 호의가 아니라 BL의 호기심에 의한 것이고 BL 만화의 모델이 되고 있다는 걸 알았을 때의 절망감은 헤아릴 수 없었다.

"……그래도 뭐, 좀 두근거리긴 했지만."

사정을 모르고 지금 고백을 받았다면 심장을 관통 당했을지도 모른다.

츤데레가 수줍어하는 순간의 파괴력은 무시무시한 것이었다.

"다음으로 마지막 도전자입니다! 엔트리 넘버 포! 세상에서 가장 귀여운 여동생, 키류 미즈하 양입니다!"

"아, 안녕하세요. 키류 미즈하입니다."

"키류 양은 집안일이 특기죠? 가정적인 여자는 저도 동경하고 있어요. 그런 키류 양이 좋아하는 사람은 어떤 남자인가요?"

"그러니까……저에게는 오빠가 있어요. 저를 굉장히 귀여워해주는데 가끔 과한 시스터 콤플렉스라 곤란할 때도 있답니다."

가식 없는 말에 관객석에서 훈훈한 미소가 새어나왔다.

"하지만 저의 요리를 맛있다고 말해주고 무서운 방송을 봤을 땐 같은 이불에서 잠들어주고 그런 별것 아닌 상냥함이 왠지 굉장히 사랑스러워서——."

추억을 음미하는 듯 말을 이어나가며 그녀는 미소 지었다.

"이런 오빠를 난——."

미즈하의 눈동자가 확실히 케이키를 향해 있었다.

"난 오빠를 정말…… 좋아해!"

그 자리에 투하된 건 꾸밈없는 직설적인 고백.

그 순간 대지를 진동시키는 함성이 크게 울려 퍼졌고 대회장은 열광의 소용돌이에 휩싸였다.

남자들의 '우오오오오오오오오!!'라는 우렁찬 외침은 수영장 밖까지 새어나왔다.

이 이벤트 관객들은 바보들뿐이었다.

"120점?! 계측기의 한계를 뛰어넘은 대회신기록이 나왔습니다!"

"오오…… 나, 혹시 굉장한 건가?"

"오빠를 정말 좋아하는 여자아이, 귀여운데요?! 이런 이유에서 우승자는 키류 미즈하 양입니다! 여러분, 그녀에게 성대한 박수를 부탁드립니다!"

분위기가 달아오른 대회장 안에서 케이키는 기쁜 건지 쑥스러운 건지 모를 감정으로 스테이지를 직시하지 못하고 고개를 숙인 자세로 몸부림치고 있었다.

"그러니까……여동생을 상대로 왜 두근거리는 거야? 나는…….."

지금 미즈하의 고백은 어디까지나 가족을 향한 애정표현이었다.

그걸 이해하고 있는 오빠를 일격에 격침시켜버릴 정도로 그녀가 내뱉은 고백의 위력은 절대적이었다.

이렇게 설마 하던 대회신기록을 세우고 키류 미즈하는 우승했다.

◇

　실내 수영장 관내. 2층으로 이어지는 계단 도중. 그 층계참에 미즈하가 서 있었다.

　전면이 유리로 된 층계참에서는 바깥 풍경이 내려다보였다.

　수영복에서 교복으로 갈아입은 미즈하는 빨갛게 변해가는 하늘과 석양으로 물든 거리를 지그시 바라보고 있었다.

　이름을 부르자 아직 좀 젖은 머리칼을 흩날리며 그녀가 뒤로 돌아보았다.

　"버스, 조금 더 기다려야 한대."

　"그래?"

　짧게 대답하고 미즈하는 무언가가 기억난 듯 웃었다.

　"수영장 재미있었지?"

　"그래."

　"이벤트 분위기도 좋았고."

　"설마 미즈하가 우승할 줄은 몰랐지만."

　"내가 한 고백은 어땠어? 시스터 콤플렉스인 오빠로서?"

　"응, 뭐 그거야……엄청 기뻤지."

　같은 학교 교복을 입은 남매는 추억이 된 오늘 일을 회상했다.

　"우승상품인 명령권은 조만간 사용할 거야."

"부드럽게 부탁해."

서예부 변태 소녀들과 달리 미즈하라면 이상한 일을 시키진 않겠지.

"오빠는 다른 사람들과 함께 있어야 되는 거 아니야?"

"괜찮아. 지금은 미즈하랑 이야기를 하고 싶거든."

"응? 오빠?"

오빠의 이변을 민감하게 느낀 미즈하가 고개를 갸웃거렸다.

"─미즈하, 미안. 먼저 사과할게."

"뭐?"

미즈하가 반응을 보이기 전에 케이키는 그녀의 치마를 젖혀버렸다.

주저 없이 세상에서 가장 사랑하는 여자아이에게 사람으로서 부끄럽게 여겨야 할 행위를 실행했다.

오빠의 마수에 걸려 나풀나풀 춤추는 핑크빛 스커트.

그녀로서는 전혀 예상 밖의 일이라 전혀 대응하지 못하고 손으로 꽉 억누르는 기본적인 저항조차 하지 못한 채 속옷을 보여주는 결과가 되고 말았다.

속옷이 나타난 건 한순간의 일이었고 다시 치마에 의해 가려졌다.

하지만 그 한순간으로 충분했다.

"역시……."

잘못 볼 리가 없었다.

러브레터를 발견했던 날부터 몇 번이나 반복해서 보면서 뇌리에 새겨진 그 팬티를.

그녀가 입고 있던 속옷은 틀림없이 서예부 부실에 남겨져 있던 순백 팬티였다.

그걸 입고 있다는 것이 뭘 의미하는지는 이미 생각할 것도 없었다.

"미즈하─ 네가, 러브레터의 발신인이었어?"

치마를 들춰본 일에 대해선 화내지 않고 그녀는 어딘가 쓸쓸해 보이는 미소를 지으며

"……들켰네."

자신이 러브레터를 쓴 본인이라는 걸 인정했다.

왜 키류 미즈하가 이 타이밍에 순백의 팬티를 입고 있었는지 설명해보자.

신데렐라의 시점에서 생각해보면 되겠지.

그녀는 케이키의 방에서 순백의 팬티를 갖고 나왔다.

그 이후에는 당연히 팬티를 보관할 장소를 생각했을 것이다.

그렇다면 가장 유효하게 숨길 장소는 어디일까?

자신의 방이라면 비교적 안전하다고 생각했을 것이다.

하지만 신데렐라 자신이 케이키의 방에서 팬티를 갖고 나왔으니 자신의 방에 숨겨도 반드시 안심할 수 있는 게 아니라는 걸 누구보다도 이해하고 있었겠지.

그렇다면 어떻게 할 것인가?

대답은 간단하다. 그냥 늘 몸에 지니고 있으면 된다.

계절은 여름. 여고생이 예비 속옷을 갖고 다니는 건 특별히 부자연스러운 일은 아니었다.

여자 팬티는 작고 가벼워서 가방에 넣어도 부피가 늘지 않았다.

거기까지 생각한 케이키는 계획을 세웠다.

등교일에 다 같이 수영장에 갈 예정을 세우고 미즈하에게만 가기 직전까지 아무것도 알리지 않았다.

행선지는커녕, 그런 일정이 있다는 것조차 전하지 않는 것에 물론 의미가 있었다.

서프라이즈로 수영복 선물을 준비한 것도 계획된 일이었다.

그 목적은 그녀에게 '신데렐라 팬티'를 입게 하기 위해서였다.

수영장에서 즐긴 후에는 당연히 교복으로 다시 갈아입게 된다.

그리고 그때 사전에 수영장에 올 걸 몰랐던 미즈하는 갈아입을 속옷을 준비하지 못했을 것이다. ──가방 속에 숨겨둔 신데렐라 팬티 이외에는.

여기서 그녀는 선택을 강요받게 된다.

그때까지 입고 있던 팬티를 다시 입을 것인가.

아니면 사용하지 않은 신데렐라 팬티를 입을 것인가.

깔끔한 걸 좋아하는 미즈하로선 당연히 한 번 입은 팬티를 다시 입는 걸 싫어하겠지.

남자인 케이키도 한 번 벗은 팬티를 다시 입는 데에는 저항감이 있었다.

누구든 여름의 더위 때문에 땀에 젖은 팬티를 다시 입고 싶지 않을 것이다.

이 나이의 여자아이라면 더욱더 그렇겠지.

만약 미즈하가 신데렐라이고 그 순백의 팬티를 늘 갖고

다닌다면 이 타이밍에 그걸 착용할 확률이 지극히 높다고 추측했다.

그리고 그 추측이 멋지게 적중한 것이다.

"오늘 일은 전부 내가 이 팬티를 입게 하려고 꾸민 거였구나."

"이렇게라도 하지 않으면 정체를 밝히지 않을 테니까."

실내 수영장 관내, 계단 층계참에서 치마 속이 파헤쳐진 신데렐라는 왕자에게 하나의 의문을 던졌다.

"어떻게 나라는 걸 알았어?"

"이 사진 때문이었어."

주머니 속에서 꺼낸 건 코하루가 촬영한 한 장의 사진.

동아리 활동에 힘쓰는 쇼마를 촬영한 그 사진 속에는 학교 앞뜰을 걷고 있는 미즈하의 모습이 작게, 하지만 확실하게 찍혀 있었다.

"이건 내가 부실에서 러브레터를 발견했던 날 찍힌 거야. 촬영 시각은 오후 5시 50분. 부실 문단속을 끝낸 내가 하교한 이후지."

그래. 이 촬영시각이야말로 신데렐라의 정체를 밝혀낼 열쇠.

"그날, 부실 청소가 끝난 건 오후 5시 좀 넘어서였어. 청소에 참가한 여학생들은 전부 먼저 돌아갔지. 그런데 미즈하는 왜 이런 시간에 학교에 있었던 걸까?"

청소를 하고 먹투성이가 된 미즈하는 샤워를 하기 위해 먼저 돌아가겠다고 했다.

하지만 실제로는 케이키가 먼저 귀가했던 것이다.

열쇠로 문을 열고 집으로 들어온 오빠는 자기 방으로 직행했고 러브레터를 발견한 사실 때문에 몸부림치고 있었기 때문에 여동생이 돌아오지 않았다는 걸 눈치 채지 못했다.

"생각할 수 있는 이유는 하나. 청소가 끝난 후 마지막까지 부실에 남아있었던 건 사유키 선배가 아니었던 거야. 테이블에 편지를 놔두고 로커 안에 몸을 숨긴 다음 내가 문단속을 한 서예부실 문을 안쪽에서 열고 나온 범인은 미즈하였어."

그날, 부실에 마지막까지 남아 있었던 건 사유키가 아니라 미즈하였다.

그녀는 마지막으로 부실을 나선 건 사유키라고 거짓말을 했다.

가족이라면 케이키의 방에서 팬티를 가져나오는 것도 간단했겠지.

"아무리 찾아도 찾을 수 없었어. 신데렐라를 가장 먼저 후보에서 제외해버렸으니까."

유이카에게 가르쳐준 수학 문제와 똑같았다.

아무리 해도 대답이 나오지 않을 때는 해법의 전제가 잘못된 것.

키류 미즈하는 여동생이니 신데렐라가 아니라는 잘못된 전제를 깔고 찾고 있었기 때문에 지금까지 찾을 수 없었던 것이었다.

"오빠가 한 말이 전부 다 맞아. 내가 러브레터를 거기 두고 나왔어. 나의 마음이 오빠에게 닿으면 좋겠다고 빌면서."

지금 말하고 있는 건 그날 그녀의 감정.

"하지만 동시에 무섭기도 했어. 오빠에게 마음을 전하는 게. 지금까지처럼 사이좋은 남매로 있을 수 없게 되는 게 무서웠어."

"……그래서 자기 이름을 안 쓴 거야?"

"글쎄? 어쩌면 난 오빠가 뒤쫓아 오길 바랐을지도 몰라. 발신인이 누군지 알 수 없게 해서 좋아하는 남자가 나만을 봐줬으면 했을지도."

"……."

미즈하의 자조 섞인 독백에 아무 말도 할 수 없었다.

"……저기, 오빠?"

부드러운 빗소리 같은 목소리가 조심스럽게 울려 퍼졌다.

"난 당신이 좋습니다."

입으로 지어낸 건 러브레터에도 쓰여 있던 무뚝뚝하면서도 씩씩한 고백.

둔감한 케이키도 역시 알 수 있었다.

미즈하는 여동생으로서가 아니라 한 명의 여자로서 케이키를 좋아한다고 말하고 있었다.

"상냥한 모습도. 어리광 부릴 수 있게 해주는 모습도. 무슨 일이든 열심히 하는 모습도. 어딘가 서툰 모습도. 전부, 전부 좋아해."

녹아내릴 듯한 달콤한 마음을 입으로 전하며 그녀는 지그시 케이키를 바라보았다.

"오빠……."

그건 분명 사랑하는 소녀의 표정이었다.

미즈하가 살짝 촉촉해진 눈동자로 케이키를 바라보자 순간적으로 시선을 피하고 말았다.

(……우와……뭐야, 이거. 엄청 거절하기 힘든데…….)

사실 오늘 케이키에겐 신데렐라를 특정하는 것 이외에도 또 하나의 목적이 있었다.

러브레터에 대한 답으로서 거절의 대답을 하기 위해 이 자리를 마련한 것이었다.

신데렐라의 정체가 미즈하라는 걸 알았을 때부터 대답은 정해져 있었다.

물론 케이키는 미즈하를 좋아하고 사랑하고 있었다.

하지만 그건 오빠로서 가족을 향한 애정이었고 그 이상도 이하도 아니었다.

아무리 절찬 연인 모집 중인 몸이라고 해도 피가 이어진 여동생은 논리적으로 말이 되지 않았다.

여동생을 이성으로 볼 수도 없고 연애대상은 되지 않았다.

그게 케이키가 내린 결론이었다.

"……미즈하의 마음은 기뻐. ……하지만……우리는…….."

말이 도중에 끊긴 건 죄책감으로 마음이 찢어질 것 같아서였다.

누군가의 호의를 짓밟는 게 이렇게나 가슴 아플 줄은 몰랐다.

"……우린 남매니까 연애감정을 품는 건 잘못된 거야?"

도중에 끊어진 말을 미즈하가 이어 말하자 케이키는 고개를 끄덕였다.

"……그래, 잘못됐다고 생각해."

여동생이 오빠에게 연애감정을 품는 게 일반적이라고는 생각할 수 없었다.

어릴 때라면 우스갯소리라고 넘길 수 있었겠지만 공교롭게도 미즈하는 고등학생이었다.

누군가 다른 이성을 좋아하고 평범한 행복을 손에 넣어야 한다고 생각했다.

"……잘못되지 않았어."

"미즈하……?"

차갑게 가라앉은 목소리에 시선을 돌리자 화가 난 듯한, 그리고 울고 있는 듯한 얼굴의 미즈하가 보였다.

"오빠? 나랑 오빠는 연년생인 남매잖아?"

"응? 그래, 그렇지. 그래서……?"

지금 미즈하가 입고 있는 교복 리본 색깔은 베이지.

미즈하가 입은 여자 교복은 동복은 스커트 색깔이, 하복은 리본 색깔이 학년마다 나뉘어져 있었다.

베이지는 마오나 아야노처럼 2학년이라는 걸 나타내는 색이었다.

그게 유이카가 미즈하를 '미즈하 선배'라고 부르는 이유였다.

케이키와 미즈하는 연년생 남매였다.

하지만 그 이야기를 이 타이밍에 하는 의도를 파악할 수 없었다.

"오빠 생일이 언제였지?"

"10월 11일."

"그렇지? 난 3월 3일생이야."

"그게 어떻다는 거야?"

"이상하지 않아? 우린 연년생 남매인데 생일이 겨우 5개월밖에 차이가 안 난다는 게."

"응? 그건 부모님이 노력하셨기 때문에 그런 거 아니야?"

"노력한다고 해도 무리인 건 무리니까. 오빠도 보건 수업에서 배웠지? 여자가 임신해서 아이가 태어날 때까지 10개월은 걸려."

"……."

분명 예전에 보건 수업에서 배운 기억이 있었다.

여성이 임신해서 출산할 때까지의 기간은 대략 10개월이었다.

연년생인 남매라면 적어도 생일이 10개월 정도 떨어져 있어야 하는데, 케이키와 미즈하는 그 절반인 5개월밖에 차이가 나지 않았다.

그건 지금까지 의문스럽게 생각하지 않았던 게 이상할 정도로 큰 모순—.

"……응? 어라? 하지만……그건……무슨……."

그 모순이 뜻하는 의미를 더듬으며 심장이 아플 정도로 경종을 울렸다.

답은 이미 나와 있있는데 그걸 인정하는 게 무서워서 시선을 돌리려는 듯한 숨 막히는 감각이 가슴 안쪽에서 빙글빙글 소용돌이를 쳤다.

"오빠……."

그런 케이키의 눈앞으로 미즈하가 조용히 다가왔다.

수영장 비품이었던 건가, 그의 코를 간질이는 건 평소와 다른 샴푸 향기.

한숨의 기색조차 느껴질 거리에서 그녀는 입을 열었다.

"나도 먼저 사과해둘게."

"뭐……?"

그건 한순간에 일어난 일— 정신을 차렸을 땐 이미 뒤늦은 후였다.

　석양이 비치는 계단 층계참에서 케이키는 여동생에게 입술을 빼앗겼다.

　거리를 좁히고 발뒤꿈치를 들어 올린 미즈하가 케이키의 입술에 자신의 그것을 내리눌렀다.

　"—으읏."

　심장이 날뛰고 얼굴이 화상을 입은 것처럼 빨개졌다.

　여자의 입술은 믿을 수 없을 정도로 부드러웠다.

　여동생과 키스하고 있다는 비정상적인 상황에 머리가 어질어질했다.

　익숙하지 않다는 걸 그대로 알 수 있는, 기세에 맡긴 채 맞닿기만 했을 뿐인 서툰 키스.

　하지만 그 키스는 남매의 관계를 망가뜨리는 결정적인 일격이었다.

　실제로는 몇 초였지만, 영원처럼 느껴진 시간이 끝나고.

　겹쳐졌던 입술이 섭섭한 듯 떨어졌다.

　어리둥절한 케이키 앞에서 쓸쓸하게 눈을 내리깔고 미즈하가 속삭이듯 말했다.

　"……잘못되지 않았어."

　그 작은 목소리는 하지만 확실하게 귀에 닿았다.

　"오빠에 대한 내 마음은 무엇 하나 잘못되지 않았어."

타이르는 것 같은 어조는 누굴 향한 것이었을까.

"왜냐하면—."

고개를 든 신데렐라가 고한 건 왕자의 지금까지의 인식을 근본적으로 뒤엎는 진실.

"나와 오빠는 진짜 남매가 아니니까."

후기

※스포일러가 포함되어 있으니 본편을 읽지 않으신 분들은 주의해 주십시오.

드디어 '귀여우면 변태라도 좋아해주실 수 있나요?' 3권입니다.

이번에는 변태 성분을 억제했다고 생각했지만 다시 생각해보면 선배가 사각팬티를 입고, 후배에게 머리를 밟히고, 동급생의 엉덩이에 막대기 모양의 물건을 눌러대고, 여러 가지로 저질러버리고 말았네요. 정수를 보여주는 건 유이카의 그 장면……용케 원고가 통과됐어요.

자, 시리즈 3권에서 드디어 '신데렐라'의 정체가 밝혀졌습니다.

1권, 2권에 복선이 몇 개나 있었기 때문에 이미 눈치 채신 분들이 계실지도 모르지만 '그녀'가 신데렐라였습니다.

시리즈가 시작되기 전부터 신데렐라는 '그녀'라고 정해져 있었지만 거의 당초에 상정했던 대로 정체를 밝힐 수 있어서 작가로서는 기쁠 따름입니다.

이것도 응원해주신 여러분들 덕분입니다. 정말 감사합니다.

신데렐라의 정체는 발각됐지만 본편의 내용은 아직 계속 이어질 겁니다.

정체가 판명되면서 '그녀'와의 관계가 앞으로 어떤 식으로 변해갈 것인가, 4권 이후에도 계속 지켜봐주시면 행복할 것 같습니다.

그리고 이번에도 sune 선생님의 일러스트가 멋졌습니다.

귀엽고 섹시한 일러스트가 만재해서 그림 소재가 완성될 때마다 열광하고 말았습니다. 이번에는 컬러인 마오의 배가 개인적으로 마음에 들었습니다. 만족할 때까지 실컷 쓰다듬고 싶은 멋진 복부였어요.

참고로 책 첫머리 그림이 3장이나 여자 알몸인 건 편집 담당자님의 취미입니다. '변태 좋아'의 관계자들은 전부 변태인가 봐요.

4권 커버를 장식할 여주인공은 물론 신데렐라인 그 아이가 될 예정입니다.

귀여운 그 아이가 어떤 식으로 그려질지 지금부터 최고로 기대하고 있습니다.

다른 이야기지만, 덕분에 소설의 판매율이 좋아서 이번에 무려 '변태 좋아'의 코미컬라이즈와 드라마 CD화가 결정되었습니다.

설마 하던 동시 결정입니다.

'변태 좋아'가 만화와 드라마 CD로 나오는 겁니다.

코미컬라이즈 쪽은 월간 드래곤 에이지에서 머지않아 연재 개시 예정입니다.

점점 커지는 변태 와일드의 앞으로의 전개에 주목해 주세요.

여백도 다 채웠으니 이번 후기는 이 정도로 하겠습니다.

다음번엔 4권에서 뵙겠습니다.

하나마 토모

KAWAIKEREBA HENTAI DEMO SUKI NI NATTE KUREMASUKA? Vol.3
©Tomo Hanama 2017
First published in Japan in 2017 by KADOKAWA CORPORATION, Tokyo.
Korean translation rights arranged with KADOKAWA CORPORATION, Tokyo.

귀여우면 변태라도 좋아해주실 수 있나요? 3

2018년 11월 1일 1판 1쇄 발행
2019년 2월 28일 1판 2쇄 발행

저   자 하나마 토모
일 러 스 트 sune
옮 긴 이 심희정
발 행 인 유재옥
본 부 장 조병권
담당편집자 정영길
편   집 김다솜, 김민지, 김혜주, 이경규, 이문영, 이성호, 정영길, 조찬희
미   술 강혜린, 박은정
라이츠담당 박선희, 오유진
디 지 털 최민성, 박지혜
발 행 처 ㈜소미미디어
제 작 처 코리아피앤피
등   록 제2015-000008호
주   소 서울시 마포구 토정로 222,403호 (신수동, 한국출판콘텐츠센터)
판   매 ㈜소미미디어
마 케 팅 한민지 한주원
전   화 편집부 (070)4164-3962, 3963 기획실 (02)567-3388
            판매 및 마케팅 (070)4165-6888, Fax (02)322-7665

ISBN 979-11-6190-943-1 04830
ISBN 979-11-6190-647-8 (세트)